U0536410

〖中华诗词存稿·名家专辑〗
中华诗词学会 编

蓬庐吟草

王充闾 著

中国书籍出版社
China Book Press

图书在版编目（CIP）数据

蘧庐吟草 / 王充闾著 . -- 北京：
中国书籍出版社 , 2019.9
（中华诗词存稿）
ISBN 978-7-5068-7333-8

Ⅰ．①蘧… Ⅱ．①王… Ⅲ．①诗集—中国—当代
Ⅳ．① I227

中国版本图书馆 CIP 数据核字 (2019) 第 126925 号

蘧庐吟草

王充闾 著

责任编辑	王星舒
责任印制	孙马飞　马　芝
封面设计	采薇阁
出版发行	中国书籍出版社
地　　址	北京市丰台区三路居路 97 号（邮编：100073）
电　　话	（010）52257143（总编室）（010）52257140（发行部）
电子邮箱	eo@chinabp.com.cn
经　　销	全国新华书店
印　　刷	北京虎彩文化传播有限公司
开　　本	710 毫米 × 1000 毫米 1/16
字　　数	200 千字
印　　张	11.5
版　　次	2019 年 9 月第 1 版　2019 年 9 月第 1 次印刷
书　　号	ISBN 978-7-5068-7333-8
定　　价	198.00 元

版权所有　翻印必究

《中华诗词存稿》编委会名单

顾　　问： 郑欣淼　郑伯农　刘　征　沈　鹏
　　　　　　葉嘉莹

编　　委：（按姓氏笔画排序）
　　　　　　丁国成　王　强　王改正　王德虎
　　　　　　刘庆霖　吕梁松　李一信　李文朝
　　　　　　李树喜　陈文玲　张桂兴　范诗银
　　　　　　欧阳鹤　杨金亭　林　峰　罗　辉
　　　　　　周兴俊　周笃文　宣奉华　赵永生
　　　　　　赵京战　钱志熙　晨　崧　梁　东
　　　　　　雍文华

主　　任： 范诗银

副 主 任： 林　峰　刘庆霖

执行主编： 吕梁松　王　强　李伟成

秘　　书： 李葆国

作者简介

王充闾,辽宁盘山人,当代散文家、诗人,国家一级作家。现任辽宁省作家协会名誉主席,兼任南开大学中文系教授。出版散文随笔集《春宽梦窄》、《清风白水》、《沧桑无语》、《淡写流年》、《面对历史的苍茫》、《龙墩上的悖论》等二十余种,诗词集《鸿爪春泥》、《我有诗魂招不得》、《蘧庐吟草》,学术著作《诗性智慧》等;另有"王充闾作品系列"七种、"王充闾文化散文丛书"三种。1997年获得中国作家协会首届鲁迅文学奖之后,2003年、2007年连续两届出任全国鲁迅文学奖·散文杂文评奖委员会主任。

总　序

　　我们这个诗歌大国有一个很好的传统，历来注重"采诗"、搜集整理诗歌材料。作为唯一的全国性诗词组织的中华诗词学会，自1987年5月成立以来，就十分重视这项工作。学会每年的学术研讨会和历届"华夏诗词奖"，都出版论文集和获奖作品集。纪念学会成立二十年、三十年时，还专门编辑出版了《大事记》《论文选集》《诗词选集》。《中华诗词》创刊以来，每年都制作年度合订本。2007年5月，在北京天识东方文化艺术传播有限公司的资助下，以近代以来诗词创作、诗词理论、诗词运动重要文献汇编，当代名家个人作品专集等为主要内容，出版了《中华诗词文库》。经过十来年的编辑整理，已经出了近百卷。这些诗集、文集的出版，记录了近百年来尤其是改革开放四十多年来，中华诗词从起步、复苏走向复兴的砥砺前行的历程，为近、当代诗歌史的撰写准备了丰富的资料。

　　党的十八大以来，中华民族优秀传统文化重新受到应有的重视。习近平总书记《念奴娇·追思焦裕禄》词和《军民情》七律的相继发表，引领中华大地诗潮滚滚而来。《中共中央关于繁荣发展社会主义文艺的意见》和中办、国办《关于实施中华优秀传统文化传承发展工程的意见》，都明确提出"加强对中华诗词、音乐舞蹈、书法绘画、曲艺杂技和历史文化纪录片、动画片、出版物等的扶持。"国家教育部组织制定由中华诗词学会起草的新中国语言体系中的新韵书《中华通韵》已经通过国家语言文字工作委员会语言文字规范标准审定委员会审定，即将颁布全国试行。这些都使我们真切地感受到，中华诗词的春天真的到来了。诗人们乘着骀荡春风，正以高昂的激情，书写着中华民族伟大复兴的新时代、新史诗，国家富强、民族振兴、人民幸福的中国梦；正以与人民同呼吸、共命运的诗人之心，对人民的欢乐、人民的忧患、人民的情怀给以诗意的表达；正以"美"或"刺"的诗人之笔，对市场经济大潮中人民对幸福生活的期待，对美好未来的希望，对假丑恶的深恶痛绝，或给以方向，或给以赞美，或给以鞭挞。正如习近平总书记所指出的："好的文艺作品就应该像蓝天上的阳光、春季里的清风一样，能够启迪思想、温润心灵、陶冶人生，能够扫除颓废萎靡之风。"

当前，传统诗词创作者和诗词爱好者队伍发展迅速，已超过三百万。每天创作的诗词作品超过唐诗、宋词、元曲的总和。诗词评论研究队伍也成长很快，诗词评论、诗词学、诗词创作理论研究成果丰硕。如何从浩如烟海的诗词作品中"淘"出优秀作品，并使之存下来、传下去，如何使诗词研究理论成果"面世"并发挥应有的指导作用，确实是摆在我们面前的无可回避的一个重要课题。中华诗词学会是一个没有国家编制，没有国家拨款的社会团体，事业的运转主要靠社会赞助和会员费支撑。俊识（北京）文化传媒有限公司总经理吕梁松、北京采薇阁总经理王强，两位一直是对中华传统文化情有独钟的热心人，慷慨解囊，愿意同中华诗词学会一起，搜集整理编辑推出《中华诗词存稿》这套书，共同为中华诗词文化的继承和发展，做成这件十分有意义的事情。

《中华诗词存稿》主要搜集整理出版三部分内容的资料：一是当代诗词名家的个人作品集；二是当代诗词评论家、诗词学者的学术著作集；三是当代诗词作品、诗词理论学术成果阶段性、专题性、地域性的集成类作品集。诗词作品强调精品意识，沙里淘金，把"有筋骨、有道德、有温度"的优秀诗词作品搜集起来。诗词评论、研究类资料强调理论性和创新性，应具有鲜明的个性特点，具有创建性的见解。集成类的资料应有一定的史料保存价值。总之，做成一套具有当代价值和历史意义的好书。在此，我们编委会人员，向提供资料、筛选编辑、版面设计、校对勘误，包括所有为这套资料付出辛勤劳动的同志们，表示真诚的谢意！

郑欣淼
二〇一九年七月于北京

不负蘧庐一宿缘

——序诗词集《蘧庐吟草》

王向峰

充闾同志现在以散文创作名世，具有突出的成就和广泛的影响，但他在艺术本色上却是诗人。他有诗人的情怀、诗人的敏感、诗人的深邃、诗人的素养、诗人的话语，只是他在创作上把时间与精力主要用于散文的写作，而诗的写作或成为散文内的点染，或成为散文写作之余的一种遣兴之笔。这样，再加上时下人们一般好把那些自由体或在形式上分行写的文字认作是诗，所以对于当下写旧体诗词的这些在传统文学中最是文学体式的作手，任其不论创作的有多少，也不论有怎样的水平，一般都不被计入诗人之列。我想，这是充闾虽然不论质与量都是很突出的诗人，却未被社会以诗人特别关注的原因。

近体诗形成和繁盛于唐代，在后代看来它虽与古诗不同，但仍属于旧体。它是一种格律十分严格的诗体，讲究平仄、粘连、对仗、押合乎韵部的韵（主要是"平水韵"的平声韵），而且语言还要文雅而又有诗味，形象鲜明而又富有情思内涵。以上各项条件对于近体诗的创作缺一不可。这些条件实际是对创作主体的综合要求。因此，真正能达到这样全面要求的人，就不可能是太多的。但充闾却是足够条件的诗词作家。他在少年时代即入私塾学习，跨越启蒙阶段后，他熟读"四书"、《千家诗》、唐诗、《古文观止》和经史子集中的多人著作，很多诗文都能背诵不忘，至今犹如数家珍，张口即来。对古代文史典籍知识的掌握能像他那样广泛、深入并又能左右逢源的运用者并不多见。所以，对于在启蒙阶段即已过了诗词格律关的他来说，在丰厚的文史素养基础上写近体诗，即事抒情，创意造言，就成了"自是不为为便得"的方便之事。只是由于他已现实地看到，在今天的文坛上，诗词已不被目为正宗了，所以，他每向写诗词的朋友进言，也总是说"多写文章少写诗"。他自己也只是在情怀不能自禁时才索性写作诗词，如果放开兴致去写，他不知要写出多少了。

在这部《蓬庐吟草》中有许多组诗，在一个标题下，有时一写就是五首、七首、十首、十四首、二十五首、二十七首，皆可谓"思风发于胸臆，言泉流于唇齿；纷葳蕤以馺遝，唯毫素之所拟。"（陆机《文赋》）他两次过巫峡写诗十首，融情于美妙的山光水色之中，诗意盎然，溢于辞外。《秋游白洋淀》写诗十四首，诗中把白洋淀的自然风光与当年雁翎队的抗日军民的英雄壮举融为一体，写得流畅轻捷，草木皆兵，真是"俯仰苍茫天地迥，诗怀凭此孕空灵"，使人美不胜收。他的《拟古离别》，以角色效应为清末一对才子佳人拟人酬答，写得深情款款，体验入微，文辞丰美，缱绻动人。如第十七、十八首："为有情多憾也多，年年陌上听骊歌；莲塘并蒂红如锦，愁对烟波唤奈何。""难忘秦淮夜泊船，琴箫协奏有情欢。而今一去人千里，手抚冰弦入梦弹。"诗中的意象情辞极像清末才人所能有；在"乐而不淫，哀而不伤"的分寸的掌握上，又恰到好处。

充闾的近体诗以七绝与七律体为主。他的七绝情沛辞达，布列如阵，而七律更见功力。他有一首在越南写的《吊王勃祠》的七律："南郡寻亲归路遥，孤篷蹈海等萍飘。才高名振滕王阁，命蹇身沉蓝水潮。祠像由来非故国，神仙出处是文豪。相逢我亦他乡客，千载心香域外烧。"初唐四杰之首的王勃到交趾探亲，归途溺毙于南海，遗体随潮漂回蓝江口，当地人民敬重他的诗才，在岸边为他修祠造墓，至今许多遗迹犹在。充闾到越南访问，特意从河内驱车几百里到义安的宜春乡去凭吊遗踪，并以诗文形式向国人发布了这个以前不被人知的信息。这首诗是充闾七律的代表作，诗的情辞并茂，文化内涵丰厚，古风与今意并出，引人乐读。他的另一首写《拜谒列夫·托尔斯泰墓园》的七律，也是以诗为文学巨人立传的佳作："漫道萧萧墓垅寒，丰碑高矗地天间。百年风暴安然过，万仞门墙讵可攀。名重方知千纪短，才雄不觉五洲宽。尔来冷对邻家事，独拜文宗兴未阑。"这首诗的内涵十分丰富。本来托翁的墓园十分素朴简约，什么碑碣装饰也没有，只有几株早年由托翁自己栽植的树木，坟垅也仅仅是一个长方形的土丘。这诗的第一句是写实，但第二句"丰碑高矗地天间"，则是诗人的墓前心象，说的是真正伟人的德能就是一座顶天立地的丰碑。这样一位文学巨人，他的俄罗斯民族，百年中不论经过多少国家的沧桑之变，也能始终一样地尊重与敬爱他，对此，不能不使人有"名重方知千纪短，才雄不觉五洲宽"的哲理感悟发生，形成为诗中警句。

在当下的中国，虽然旧体诗尚未进入新文学史，但仍然是写旧体诗的人比写自由体诗的人多。此中的原因很多，但是旧体诗的体式非常简洁规范，便于表情达意，因寄所托，古人所崇尚的"寂然凝虑，思接千载；悄然动容，视通万里"

（刘勰《文心雕龙·神思》），以致"片言可以明百意，坐驰可以役万景"（刘禹锡：《董氏武陵集纪》），在这种体式中多可实现，不能不认为是诗式取向的一个重要原因。但也正因为这样，旧体诗的写作，如果不以寄托为体，意象为用，仅仅是在文字之间演绎平仄、粘连、对仗、押韵的组合阵势，那写出的诗不论怎样合乎程式，也不会取得诗的审美价值。读充闾的诗作，我感到最突出的是，诗篇不论长短，题材不论写啥，其中总有自己的寄托，即使是山川风雪、花鸟虫鱼，他也不是玩味自失，空陈形式，而是妙造自然，惟性所宅，达到了情性所至，妙不自寻的高超境界。如诗集中的《天华山十咏》《草木篇》《祁连雪》《中秋杂咏》《东上朝阳西下月》等，视听中的山川草木、雪月风花，都被诗人所移情同化，成为有我之物。如"十咏"中的《昂首雄狮》："昂首云端气象雄，一声咆哮夕阳中。长林寂寞风萧瑟，暮霭苍茫谁与同？"还有《回头溪》："清泉汩汩出岩间，跳荡奔腾去不还。待得投身浊浪里，始知回首恋青山。"这里的石狮岩、回头溪，全部被写活了，而且都是诗人的意象化之物：雄狮因雄强无俦而寂寞，溪水因汇入浊流而思返，雄狮但凭咆哮的威风却呼唤不到朋友，而溪水一旦流出山涧，无论是汇入清流或浊流，都无法回归源头。这种"自古位高多寂寞"和"一失足成千古恨"的哲理，在诗中都变成了具象形象，自然也都是属人的一种悟性寄托，但却又不离物自体的本然之性。

　　中国的传统诗词都十分注重意象的创造，从《诗经》《楚辞》、汉魏乐府，到唐诗、宋词，都有名篇范例为证。意象是主客一体、物我浑融，诗人立象以尽意，意不离象，象不失意，达到情景交融，思与境偕。所以，可以说意象是审美情思托之于感性之物而创造的意态形象，这是作为艺术审美之诗的一种形态上的超越，诗的文学性与审美性主要表现在这里。因为意象既是诗的载体，又是诗的本体，所以唐人司空图说："意象欲出，造化已奇。"要在充间诗中寻找意象创造，可以说俯拾即是。这在原因上说，是他作诗取材中有寄托，"材"与"寄"之间必然构成为意象的基因，一旦使材成诗，使情成体，诗的意象便自然地被创造出来。他的《祁连雪》是四首绝句的组诗，这条横亘在甘肃、青海境内的山脉，在诗人的笔下已由无生之物被写成了自性具足的情思体，成了诗人在一片陌生地域上的知心朋友，不但入境相迎，境内相随，别时又相送，别后又萦情相梦，真是"依依只有祁连雪，千里相随照眼明"；"相将且作同心侣，一段人天未了情"。祁连雪成了意象的精灵，穿行于四首诗中，所到之处全部文字皆被激活、照亮，既显示了"众生有情"的禅意寄托，也实现了意象生发的创造。在《北国行吟》中写的是苏联解体时途经莫斯科等地的特殊时境里的心境，诗人感慨万端，这时所见一切境象和物象，都被染上了诗人心中的色调，达到了主体与对象的和谐统一。"无言抑塞对宫墙，游子惊心叹海桑。鸦噪云飞风瑟瑟，钟楼千载阅兴亡。"（《红场抒怀》）"风满苍空雪满城，悠悠涅瓦咽涛声。不堪岁暮长街立，楼阁依然世已更。"（《圣彼得堡纪感之一》）"盟解基倾世已非，当年曾此振声威。只今鸥鹭无心甚，犹逐清波款款飞。"（《雅尔塔谈判会址》）王国维在《人间词话》中，从宋人邵雍和德国的叔本华的诗论，提出了"有我之境"与"无我之境"，以及"以我观物"与"以物观物"的诗论。在我们今天看来，虽然是纯然的"无我之境"和"以物观物"是不可能存在的，但诗词中的"我"的表现程度与表现形式却是不同的，而意象的创造与表现则更侧重于"有我之境"和"以我观物"。《北国行吟》里出现的物象，皆为"以我观物，故物皆著我之色彩"，已使一切入诗的无情之物皆成了历史悲剧的承载者、见证者或反证者，所以入诗的所有物象也就成了诗人的审美意象。刘勰在《文心雕龙·物色》中说："诗人感物，联类不穷，流连万象之际，沉吟视听之区；写气图貌，既随物以宛转；属采附声，亦与心而徘徊。"这个概括正是揭示这种情思外化为形象的艺术创造，这是遵循美的规律的形象建造。

充闾不断地精勤创造，写出了那么多广为传播的散文，又写了这么多脍炙人口的诗词，不仅艺术创造力经久不衰，而且其势头愈来愈旺，为繁荣社会主义文学艺术不断贡献自己的力量。二十年前他在《中秋杂咏》中曾期望："但得文宗挥健笔，一时辽海领风流"，如今二十年过去，他早已文名远播，饮誉神州，只待在诗文创作道路上收获更多的辉煌成果了。

写到这里，面对诗集的书名，我还想说上几句："蘧庐"一词始出《庄子·天运》篇，是庄子为"重言"而拟托老子之言，其话是说给力主"里仁为美"的孔子听的："仁义，先王之蘧庐也，止可以一宿而不可久处，觏而多责。"这话大意是说，仁义是古代圣贤的旅舍，只可以在那里停留一宿而不可久居，因为从走向采真逍遥之游的目标来说，蘧庐不过是暂宿之处而已。庄子在这里没有否定蘧庐作为暂宿之处的意义，但居者务须以其为通向心性消遥的驿站，不可止住于此。如果以暂居之处为久居之所，就有借地自重之嫌，因而遭到指责。人在世界上有缘居住，虽然比起生生不息的长存世界，作为自然人的个体过往与居住的时间都短而又短，所谓"人世有代谢，往来成古今"，但也要珍惜这驿站般的蘧庐一宿之缘，要为住过和走过的地方留下一些创造性的痕迹，以让世界不断变得更为美丽一些，可爱一些。我想《蘧庐吟草》一定会起到这种作用的。

　　受庄子的启示，也是源于诗集之名与读诗感悟，特题诗五首，以赠充闾："热肠古道日衰微，傲雪松梅与候违。会意诗文同鉴赏，不求衣马共轻肥。／新诗每作读争先，景慕才思感益虔；奉和几曾求进取，相形见绌怕同参。／千古文章首创难，诗家何处见高端？游心化物如天纵，尺水兴波涌巨澜。／恣肆漆园每悖谈，至人却梦蝶翩然。齐同成毁先谁取，直木鸣鹅讵两全！／得意庄生未忘言，南华内外广存篇；鲲鹏屡振逍遥翼，不负蘧庐一宿缘。"

二〇〇八年七月十八日
于辽宁大学望云斋

目　录

总　序 ·· 郑欣淼 1
序 ·· 王向峰 1

1948 年

"灯笼太守" ··· 1

1959 年

刺"白衣秀士" ·· 2

1962 年

编辑生活杂咏三首 ······································· 3

1975 年

七绝二首　四十初度 ····································· 4
七绝二首　抒臆 ··· 5

1980 年

村　望 ·· 6
故乡秋咏七首 ··· 6
滴园·调寄一剪梅 ······································· 8
菩萨蛮二首 ··· 8
　　攻关颂 ··· 8
　　园丁赞 ··· 8
逝川二首 ·· 9

1981年

老将行四首 ·· 10
登辽南高峰老轿顶 ··· 11

1982年

泰山夜宿 ·· 12
蓬莱阁远眺 ··· 12

1983年

扫街女工 ·· 13
植树节感怀三首 ·· 13
    种树人语 ·· 13
    赠摄影者 ·· 13
    赞老红军植树 ·· 13

1984年

昙花开过即枯黄委地余心有戚戚焉 ·················· 14
题老同志书展五首 ··· 14
题顺德桂洲风扇厂 ··· 15

1985年

苏堤怀长公 ··· 16
西子湖 ··· 16
题朽木画 ·· 16

1986年

迎春风筝比赛二首 ··· 17
对月有怀 ·· 17

咏闾山国画节二首 …… 18
金牛山诗社成立述怀 …… 18
赠吕公眉先生二首 …… 19

1987年

集句三首 …… 20
 集　唐 …… 20
 集　清 …… 20
 集张问陶句 …… 20
楞严寺·公园假山 …… 21
友人赴蜀，以葡萄干相赠并附小诗二首 …… 21
写怀寄友 …… 21
参加中华诗词学会成立大会感赋二首 …… 22
 七　律 …… 22
 七　古 …… 22
"六一节"联欢感怀 …… 22
辽西走笔五首 …… 23
 九门口 …… 23
 孟姜女祠 …… 23
 塔山英雄纪念碑 …… 23
 笔架山天桥 …… 23
 宁远古城 …… 24
为友人题三十年前旧照 …… 24
新疆咏怀五首 …… 24
 乌鲁木齐至库尔勒道中 …… 24
 天　池 …… 25
  （一） …… 25

（二）……………………………………………… 25
　　　（三）……………………………………………… 25
访古楼兰遗址未果…………………………………………… 25

1988年

赠　　友………………………………………………………… 26
对　　镜………………………………………………………… 26
题大学生辩论比赛……………………………………………… 26
省诗词学会成立闻歌口占……………………………………… 27
棒棰岛遣怀……………………………………………………… 27
夜半吟哦………………………………………………………… 27
吉林吟草七首…………………………………………………… 28
　　舞会口占…………………………………………………… 28
长白天池即兴二首……………………………………………… 28
　　　（一）……………………………………………… 28
　　　（二）……………………………………………… 29
　　松花湖泛舟………………………………………………… 29
　　　（一）……………………………………………… 29
　　　（二）……………………………………………… 29
　　长白瀑布…………………………………………………… 30
　　长吉道中…………………………………………………… 30
中秋杂咏五首…………………………………………………… 30
核潜艇发射导弹成功，张正德同志口占二绝祝贺，
　　敬步原韵奉和……………………………………………… 32
　　　（一）……………………………………………… 32
　　　（二）……………………………………………… 32

附：张正德同志原诗

　　（一） ……………………………………………… 33
　　（二） ……………………………………………… 33
棋盘山水库即景 …………………………………………… 33
乡　情 ……………………………………………………… 33

1989年

元宵节金牛山诗社诸友过访 ……………………………… 34
江城子·祝贺《改革之声》创刊五周年 ………………… 34
七　律 ……………………………………………………… 35
昭陵怀古二首 ……………………………………………… 35
赴渝未果，三峡交臂失之 ………………………………… 36
南园漫兴 …………………………………………………… 36
雨中登凤凰山二首 ………………………………………… 36
登辽宁彩电塔 ……………………………………………… 37
瑷珲感兴 …………………………………………………… 37
辽东行二首 ………………………………………………… 37
　　青山乡抒怀 …………………………………………… 37
　　白石砬子林海 ………………………………………… 37
朝阳晨望 …………………………………………………… 38
读书纪感五首 ……………………………………………… 38

1990年

贺《营口名胜古迹遗闻》付梓 …………………………… 40
题蔡斯民先生留真影展二首 ……………………………… 40
题张震泽先生诗书画展 …………………………………… 41
自　嘲 ……………………………………………………… 41

访朝诗抄二十七首 ……… 41

丁州郡新川里 ……… 41

山村少女 ……… 41

妙香山 ……… 42

睡 起 ……… 42

瀑 布 ……… 42

山 溪 ……… 42

妙香山纪游二十韵 ……… 43

记老荣军怀念志愿军战友 ……… 44

高丽饭店感怀 ……… 44

南 浦 ……… 44

（一） ……… 44

（二） ……… 44

参谒大成山烈士墓调寄一剪梅 ……… 45

朝鲜艺术电影制片厂 ……… 45

板 门 店 ……… 45

新平郡茶亭小憩 ……… 46

茶亭送别 ……… 46

元山松涛园 ……… 46

东 海 ……… 46

外 金 刚 ……… 47

晨 望 ……… 47

仙 女 泉 ……… 47

三 日 浦 ……… 48

山 行 ……… 48

（一） ……… 48

（二） ……… 48

夜宿东林郡 …………………………………… 49
　　　　（一） ………………………………………… 49
　　　　（二） ………………………………………… 49
　　江桥握别 …………………………………………… 49
楚行吟草三首 ………………………………………… 50
　　黄鹤楼·电视塔调寄一剪梅 ………………… 50
　　编钟乐舞·调寄浪淘沙 ……………………… 50
　　三峡即兴 …………………………………………… 50

1991年

冰　城 ………………………………………………… 51
水上市场所见四首 …………………………………… 51
挽陈怀先生二首 ……………………………………… 52
　　遥　祭 …………………………………………… 52
　　集清人句 ………………………………………… 53
月牙湾漫兴三首 ……………………………………… 53
题丹东《美之歌年度集锦》 ………………………… 54
长海即兴 ……………………………………………… 54
题《辽宁名胜新楹联选》 …………………………… 54
鸭绿江晨泛 …………………………………………… 54
贺沈阳市图书馆新馆落成 …………………………… 54
七绝二首 ……………………………………………… 55
秋游白洋淀十四首 …………………………………… 55
北国行吟五首 ………………………………………… 59
　　红场抒怀 ………………………………………… 59
　　圣彼得堡纪感 …………………………………… 59
　　　　（一） ………………………………………… 59

（二） …………………………………………………… 59
　　雅尔塔谈判会址 …………………………………… 60
　　空中纪感 …………………………………………… 60

1992年

赠　友 …………………………………………………… 61
滇行杂咏七首 …………………………………………… 61
　　沈阳——昆明机上 ………………………………… 61
　　登龙门 ……………………………………………… 61
　　翠　湖 ……………………………………………… 61
　　山茶花 ……………………………………………… 62
　　三道茶 ……………………………………………… 62
　　洱　海 ……………………………………………… 62
　　苍　山 ……………………………………………… 62
西北行十四首 …………………………………………… 63
　　皋兰山夜景 ………………………………………… 63
　　沙海蜃楼 …………………………………………… 63
　　祁连雪 ……………………………………………… 63
　　　（一） ……………………………………………… 63
　　　（二） ……………………………………………… 64
　　　（三） ……………………………………………… 64
　　　（四） ……………………………………………… 64
　　阳关口占 …………………………………………… 64
　　定西遇雨 …………………………………………… 64
　　麦积山石窟 ………………………………………… 65
　　秦安道中 …………………………………………… 65
　　龙羊峡水电站 ……………………………………… 65

泾渭合流 …………………………………… 66
　　　黄帝陵 ……………………………………… 66
　　　陕甘青之旅·调寄天净沙 ………………… 66
贺"海内外中华诗词大奖赛" ………………… 66
　　　沁园春·题电视剧《荒路》 ……………… 67
　　　中秋偕友人登千山"天外天" …………… 67

1993年

土囊吟三首 …………………………………… 68

1994年

大鹿岛抒怀二首 ……………………………… 69
题浑河源头 …………………………………… 69
咏张学良将军·调寄鹧鸪天 ………………… 70
西安兴庆公园即景·调寄一剪梅 …………… 70
九江二首 ……………………………………… 71
　　　僧童观鱼 …………………………………… 71
　　　车陷泥淖中,访琵琶亭未果 ……………… 71

1995年

自题散文集《春宽梦窄》 …………………… 72
题丹东杜鹃花节 ……………………………… 72
邙山怀古四首 ………………………………… 72
拟古离别二十七首 …………………………… 73
有感黄仲则三首 ……………………………… 80
　　《两当轩集》读后 ………………………… 80
　　　黄仲则与黄遵宪 …………………………… 80
　　　王渔洋与黄仲则 …………………………… 80

三江赋别……………………………………………………81
自　嘲……………………………………………………81

1996 年

严陵钓台二首……………………………………………82
浪淘沙·辽阳二咏………………………………………82
张家界三首………………………………………………83
夜宿衡阳某区噪声聒耳夜不能寐戏题二首……………84
题报告文学集《烹饪大师》……………………………84
云冈石窟纪感……………………………………………84
题曹雪芹纪念馆…………………………………………85
题张学良旧居陈列馆……………………………………85

1997 年

题散文集《山野菜》……………………………………86
题本溪水洞四首…………………………………………86
迎香港回归………………………………………………87
赠彭定安先生……………………………………………87
题全国"芙蓉杯"诗书画印大奖赛（集唐人句）………87
法兰克福听海顿《告别》交响曲………………………88
逝　波……………………………………………………88

1998 年

题《现代家庭教育》杂志………………………………89
悼鲁野先生………………………………………………89

1999 年

题吕公眉诗文集《山城拾旧》二首……………………90

（集清人舒铁云句）雾中访江郎山不见题诗四首……… 90
烂柯山……………………………………………… 91

2000年

山庄留别五首……………………………………… 92
咏五龙山城市公园 三首………………………… 93
为友人题散文集…………………………………… 94
答江南友人………………………………………… 94
《何处是归程》题记二首………………………… 94
杨仁恺先生获人民鉴赏家称号诗以贺之………… 95

2001年

沈延毅先生十年祭，谨吟四首七绝，长歌以当哭耳… 96
越行吟二首………………………………………… 97
    河内抒怀……………………………………… 97
    海防——鸿基道中…………………………… 97
题《青石岭镇志》………………………………… 97

2002年

悼刘黑枷先生……………………………………… 98
题文化知识大赛…………………………………… 98
题《范敬宜诗书画》六首………………………… 98
天华山十咏………………………………………… 100
    连理松………………………………………… 100
    白龙涧………………………………………… 100
    昂首雄狮……………………………………… 100
    群仙聚会……………………………………… 100
    伟人像………………………………………… 101

通天洞 ……………………………………………… 101
　　　万景园 ……………………………………………… 101
　　　回头溪 ……………………………………………… 101
　　　丹枫一树 …………………………………………… 101
　　　天　台 ……………………………………………… 102
七绝六首　草木篇 ………………………………………… 102
　　　二月兰 ……………………………………………… 102
　　　丝　瓜 ……………………………………………… 102
　　　洋　姜 ……………………………………………… 102
　　　碧　桃 ……………………………………………… 102
　　　香　椿 ……………………………………………… 103
　　　（一）……………………………………………… 103
　　　（二）……………………………………………… 103
银幕情深 …………………………………………………… 103
赠袁鹰先生 ………………………………………………… 103
七绝五首　有赠 …………………………………………… 104
七　绝 ……………………………………………………… 105

2003 年

玉山纪感三首 ……………………………………………… 106
　　缅怀于右任先生 ……………………………………… 106
　　　（一）……………………………………………… 106
　　　（二）……………………………………………… 106
　　　（三）……………………………………………… 106
三峡九首 …………………………………………………… 107

2004 年

越缅十章 …………………………………………………… 109

吊王勃祠 …………………………………… 109
　　曼德勒皇宫漫兴 …………………………… 109
　　参观缅甸民族发展大学口占 ……………… 110
　　蒲甘杂咏 …………………………………… 110
　　　（一） …………………………………… 110
　　　（二） …………………………………… 110
　　　（三） …………………………………… 110
　　　（四） …………………………………… 111
　　　（五） …………………………………… 111
　　　（六） …………………………………… 111
　　　（七） …………………………………… 111
溱潼五首 ………………………………………… 112
杏花村十咏 ……………………………………… 113
　　白酒祖庭 …………………………………… 113
　　杏花村 ……………………………………… 113
　　汾　酒 ……………………………………… 113
　　竹叶青 ……………………………………… 114
　　神泉古井 …………………………………… 114
　　申明仙态 …………………………………… 114
　　酒国三清 …………………………………… 115
　　酒史博物馆 ………………………………… 115
　　酒都宾馆 …………………………………… 115
　　杏花村汾酒文化节 ………………………… 115
七绝二首　题《凌水书屋手稿》……………… 116
七律二首　孙文良教授十年祭 ………………… 116
祝贺辽宁日报创刊五十周年 …………………… 117
盘锦行二首 ……………………………………… 117

红海滩 ··· 117
　　风雨芦塘 ·· 117
七绝三首　题漂母祠 ····································· 118
七绝二首　大连图书馆即兴 ···························· 119

2005 年

访韩杂咏五首 ·· 120
　　光州漫兴 ··· 120
釜山大学林间晚憩 ······································· 121
古都庆州怀古 ·· 121
题崔溥墓 ··· 121
　　（一） ·· 121
　　（二） ·· 121
赏张善子《十二金钗图》 ······························ 122
咏"地球村" ··· 122

2006 年

闾山咏史三首 ·· 123
攻　书 ··· 123
芳　园 ··· 124
神　算 ··· 124
扎龙湿地口占 ·· 124
题《采曦诗文集》 ······································· 124
拜谒列夫·托尔斯泰墓园 ······························ 125
晨起见手术刀痕有感率题二首 ························ 125
东上朝阳西下月五首 ···································· 126

2007年

成吉思汗陵 ··· 128
戏题清代贡院号舍 ··· 128
题漫画集《百美图》 ··· 128
追怀八首 ··· 129
赠文房一号 ·· 130
七　　律 ··· 131
当筵遣兴 ··· 131
津门赏艺 ··· 131
沈城即景 ··· 132
访歌德小木屋 ··· 132
岁末抒怀 ··· 132

2008年

小岗行吟 ··· 133
　（一） ··· 133
　（二） ··· 133
　（三） ··· 133
　（四） ··· 134
　（五） ··· 134
　（六） ··· 134
　（七） ··· 134
　（八） ··· 134
　（九） ··· 135
　（十） ··· 135
题《寻梦之旅》 ··· 135
咏奥运·调寄一剪梅 ··· 136

题赠沈阳市图书馆百年馆庆……136
杨仁恺先生周年祭……136

附：师友赠诗、唱和选录

汪曾祺先生赠诗……137
吕公眉先生赠诗十八首……137
    读《柳荫絮语》感赋……137
    （一）……137
    （二）……137
    （三）……138
    （四）……138
    （五）……138
    （六）……138
    有感于《人才诗话》……138
    （一）……138
    （二）……139
    （三）……139
    （四）……139
    （五）……139
    （六）……139
    丁卯春雨过营川访诗人汪聪不遇，以此代柬……140
    （一）……140
    （二）……140
    （三）……140
    （四）……140
己巳九月十八补作《重阳登高》在营口日报社七楼上，
    是日晨有西风冷雨，兼怀诗人汪聪二首……141

铁辛先生赠诗二首 … 142
  奉赠充闾同志 … 142
  怀充闾同志 … 142

铁辛先生和诗三首 … 143
  奉和充闾同志咏迎春风筝赛原韵 … 143
  （一） … 143
  （二） … 143
  奉和充闾同志《春兴》原韵 … 144

王向峰先生赠诗二十五首 … 144
  读《鸿爪春泥》 … 144
  送充闾出访埃及 … 144
  题执化斋赠充闾 … 145
  （一） … 145
  （二） … 145
  （三） … 145
  （四） … 145
  为充闾新作散文引题十首 … 146
  兴学立人 … 146
  车上文化 … 146
  重在通识 … 146
  理想追求 … 146
  广场雕塑 … 147
  读写秦淮 … 147
  茶　境 … 147
  生命体验 … 147
  地球村 … 147
  讲话忌空 … 148

读充间新作《龙墩上的悖论》 ················· 148
题《蘧庐吟草》 ····························· 148
   （一） ··································· 148
   （二） ··································· 148
   （三） ··································· 149
   （四） ··································· 149
   （五） ··································· 149
戊子初夏赠充间 ····························· 149
   （一） ··································· 149
   （二） ··································· 150
   （三） ··································· 150

王向峰先生和诗十二首 ························· 150
   原韵奉和《吊王勃祠》 ··················· 150
   和充间《拟古离别》 ····················· 151
      （一） ······························· 151
      （二） ······························· 151
      （三） ······························· 151
      （四） ······························· 152
      （五） ······························· 152
      （六） ······························· 152
      （七） ······························· 152
      （八） ······························· 153
      （九） ······························· 153
      （十） ······························· 153
奉和《岁末抒怀》 ··························· 153
跋 ··· 155

1948年

"灯笼太守"

　　旧岁年俗，村中常有扮"灯官"者，俗称灯笼太守。除夕之夜，端坐轿中，由青红皂隶护卫，四出巡察，在娱乐的同时寻找因由向殷实民户罚款，用于支付春节期间各项活动费用。元宵节后，"乌纱"掼掉，一切顿成虚空。塾师带领我们观看，翌日，要求每个学童就此题材交一首习作。这可看做我之诗程初始。

　　声威赫赫势如狂，查夜巡更太守忙。
　　毕竟可怜官运短，到头富贵等黄粱！

1959年

刺"白衣秀士"

技痒心烦结祸胎，几番封笔又重开。
临文底事逃名姓？秀士当门莫展才！①

【注】
① 当时"左"风甚炽，动辄以"白专道路"和"名利思想"帽子压人。为避免遭灾触忌，向外投稿不得不使用笔名。所谓"刺"也只是暗刺，当时是绝对不敢公开的。但即使是私自发泄牢骚，也不敢道出问题的实质，只是说遇到了"白衣秀士"，归咎于个别领导。

1962年

编辑生活杂咏三首

（一）

史笔千秋重是非，无须曲意定依违。
抉疵辨误挥朱墨，不管文章属阿谁。

（评报之一）

（二）

编采由来问舆情，每从议报见分明。
阿侬不是初笄女，头脚人前任品评。

（评报之二）

（三）

昼采新闻夜拜师，青灯课读似儿时。
苏洵发愤年同我，学海扬帆未觉迟。

（听课）①

【注】

① 其时我在某新闻单位编辑副刊。单位领导十分重视业务建设，为帮助编采人员提高写作能力，专门聘请知名学者前来讲授古文。予年二十七，故有"苏洵发愤"之喻。

1975年

七绝二首 四十初度

　　立春之日，适逢四十岁生日。晚七时许海城营口地区爆发七级地震，摇山裂地，楼舍为墟。市民仓皇万状，纷纷避难街头，四处舆论哗然，私以小诗记之。

（一）

　　祸有根由震有源，人天交感岂其然。
　　书生空洒伤时泪，不惑缘何惑万千？

（二）

　　布衾如铁枕愁眠，梦幻莺花四月天。
　　弥望残墟都不见，开门见喜雪无边。

七绝二首 抒臆

十月既望,友人崔君奉调回省,办公室副主任由我"瓜代"。月下哦诗,用纪感怀。

(一)

卅载蹉跎鬓有丝,乌纱罩顶敢云迟!
蠹鱼腹饱成何用,惭愧鹪鹩据半枝。

(二)

星月争辉映蔽庐,深宵何意久踟蹰?
不成一事年空长,懊恼昂藏大丈夫!

1980年

村 望

一泓清碧柳千条，杏雨桃烟润短桥。
满地犁花春似海，兴酣把笔画丰饶。

故乡秋咏七首

（一）

廿年暌违赋归来，古道新姿万树栽。
一色方田连碧落，波清风软稻花开。

（二）

信步前村认故家，清溪泛碧柳丝斜。
平畴风起蛙如市，一路芦花伴蓼花。

（三）

篱豆花开引蔓长，谁家梨早一园香。
村娃嬉笑黄昏后，柳带牵风送晚凉。

（四）

苍苍莽莽赞洪荒，游子归来草未黄。
细细南风吹又暖，秋茅丛里走牛羊。

（五）

新城一霎起南荒，钻塔如林插碧苍。
千顷芦花九月雪，秋光胜处是家乡。

（六）

淡霭轻风不碍晴，长河如带伴车行。
黄云盖野蛙吹歇，稻浪无声诗有声。

（七）

长杨夹岸矗天高，巨舸凌波不待潮。
百厂机声喧晓夜，轰鸣如听广陵涛。

滴园·调寄一剪梅

借鉴江南构小园,放眼宏观,着手微观。
华亭曲槛衬湖山,蝶影翩翩,柳影毵毵。

袖里乾坤万顷宽,谁是神仙?人是神仙。
清时无意久流连,暂别林泉,且跨征鞍。

菩萨蛮二首

攻关颂

东风笑绽花千树,骅骝竞骋长征路。
勇探科学宫,关山越万重。

时间长恨少,苦战连昏晓。
报国耻空谈,丹心红欲燃。

园丁赞

涤污荡垢林园美,豪情涌似奔流水。
瘁力育英贤,何辞雪满颠。

辛勤劳日夜,沥沥倾心血。
桃李竞芳菲,丛中笑展眉。

逝川二首

（一）

于斯初上缪思船，史海文渊结厚缘。
短棹一挥人去也，灯遥岸阔任浮潜。

（二）

始信文缘是苦缘，青灯孤影鲜清欢。
为伊消得人憔悴，无悔无尤对逝川。

1981年

老将行四首

(一)

戎马驰驱忆少年,天涯万里闯风烟。
眼前才俊休言嫩,重担原须早上肩。

(二)

飞絮濛濛绿掩红,一年春又去匆匆。
高怀自不伤花落,化作香泥沃稚松。

(三)

漫道风华逊壮时,沧桑阅尽启明思。
关心常是新生代,广厦原需万木支。

(四)

铁干铜柯不老松,欣看秀木竞凌空。
一腔热望拳拳意,尽在凝眸颔首中。

登辽南高峰老轿顶

历尽崎岖始豁然，秋风澄洗艳阳天。
千原滚雪群羊壮，万木垂珠百果鲜。
神女当惊新岁月，愚公已改旧山川。
长征岂惧登攀险，眼底层峦看等闲。

1982年

泰山夜宿

少小离家夜不眠,情怀老大尚依然。
山行只恐逢晨雨,几度推窗看晓天。

蓬莱阁远眺

抱梦衔情作浪游,三山不见憾空留。
蓬莱清浅原虚话,白浪掀天簸巨舟。

1983年

扫街女工

竹帚钢锹伴晓晨,春寒恻恻汗淋身。
沙沙响似敲篷雨,扫净街尘扫世尘。

植树节感怀三首

种树人语

冲寒破土抢春时,条插何曾教树知。[①]
莫笑纤苗些许大,长林原是手中枝!

【注】
① 农谚"插柳不教树知道",意谓趁树木尚未苏醒时栽植,成活率高。

赠摄影者

一代辛劳百代功,他年回首郁葱葱。
何须画影凌烟阁,自有丰碑在望中。

赞老红军植树

创业当年百战功,豪情依旧倡新风。
清荫留与他人赏,皓首林园种稚松。

1984年

昙花开过即枯黄委地余心有戚戚焉

一枝素艳惜凋残,旋现旋消补过难。
顾理失时成大错,花中我亦负方干。①

【注】
① 方干,唐代诗人,才识超迈,但屡试不第,郁郁以终。后被朝廷追授进士及第,已于事无补了。此处借喻昙花到手后,疏于照管,于今才想到补救,为时晚矣。

题老同志书展五首

(一)

翰墨辉光映绮霞,宗王范柳各名家。
毫端饱蕴腾波势,临镜何须感岁华。

(二)

山惊海立字如人,虎顾鹰瞵力万钧。
戎马平生存浩气,纵横墨沈写尧春。

(三)

犹有豪情似旧时，为真为草任由之。
腾波一纵蛟龙势，老树新花绽万枝。

(四)

书海探珠如坐禅，功夫深处自天然。
老来奋扫如椽笔，悟出灵机别有天。

(五)

徜徉书苑兴偏浓，如坐光风霁月中。
此景诗人描不得，清泉一脉润心胸。

题顺德桂洲风扇厂

举世争雄见妙工，轻轻三叶五洲通。
炎天喜入清凉国，北往南来送好风。

1985年

苏堤怀长公

功业文名羡两全,长堤漫步仰高贤。
六桥烟雨浑相认,梦绕魂萦四十年。

西子湖

驻足姑苏访丽姿,苎萝江畔亦栖迟。
西湖又历空濛雨,也算他乡遇故知。

题朽木画

烂木寻机理,神工出匠心。
奇葩荣四季,不必怯春深!

1986年

迎春风筝比赛二首

（一）

的是今春乐事浓，花灯赏罢又牵龙。
千般妙品争雄处，万丈晴空指顾中。
兴逐云帆穷碧落，心随彩翼驾长风。
只缘寄得腾飞志，翘首欢呼众意同。

（二）

彩蝶金龙荡碧空，营川儿女竞豪雄。
巧裁形体夸新态，稳上云霄见硬功。
创业有怀凌健翮，拈毫无技捕春踪。
芳时莫抱蹉跎恨，万里鹏程正好风。

对月有怀

名城几度结书缘，喜得浮生半日闲。
问学尝驱千里外，知音已在十年前。
人如春燕来还去，心似秋荼苦亦甜。
手把苏词遥对月，盈亏此事古难全。

咏闽山国画节二首

(一)

健美鲜灵入目新,画坛接力有来人。
山城四月愁寒雨,笔底千花占早春。

(二)

朱墨琳琅秀可餐,模黄范李各增妍。
画图省识神州骨,百幅春绡半写山。

金牛山诗社成立述怀

卅载耽诗愧未工,雕龙无技且雕虫。
明时耻作闲情赋,吟啸潮头倡雅风。

赠吕公眉先生二首

（一）

相看如对敬亭山，十日平原乐往还。
白石渔洋神髓在，诗思摇曳水云间。

（二）

忆君常在水云间，富贵浮沤视等闲。
见说萧然环堵客，南朝陶谢列清班。

1987年

集句三首

著名诗人陈怀先生集毛主席诗词佳句，缀成若干联语，巧慧天成，字亦绝美。赏鉴之余，谨集前贤诗句成七绝三首，聊述倾慕之忱。

集 唐

珠蕊琼花斗剪裁（王　初），
气冲鱼钥九关开（沈佺期）。
平生风义兼师友（李商隐），
俱是人天第一才（白居易）。

集 清

满眼生机转化钧（赵　翼），
千秋文苑此传人（丘逢甲）。
文山诗句眉山笔（邵长蘅），
鬼斧神工出手新（孔尚任）。

集张问陶句

十样蛮笺信手裁，茫茫生面忽重开。
英雄肝胆依然在，尽向毫端滚滚来。

楞严寺·公园假山

邑有佳山不在高，风来也自响松涛。
胸中常有千秋鉴，放眼宁无万里遥。

友人赴蜀，以葡萄干相赠并附小诗二首

（一）

干瘪不堪上玉盘，包装袋裹敛姿妍。
清疏简淡休嗤笑，蜜意浓情寄也难。

（二）

日曝风吹历苦辛，莹光退尽见甘醇。
区区薄礼无多重，巴蜀相随粒粒心。

写怀寄友

埋首书丛怯送迎，未须奔走竞浮名。
抛开私忿心常泰，除却人才眼不青。
襟抱春云翔远雁，文章秋月印寒汀。
十年阔别浑无恙，宦况诗怀一样清。

参加中华诗词学会成立大会感赋二首

七 律

裁红晕碧逐时新，五月京华别有春。
奔兢此间无俗客，推敲今日尽诗人。
齐挥白也生花笔，竞写灵均报国心。
志在坤乾存正气，翕张舒卷任天真。

七 古

骚坛雅集逢端午，剽虎屠鲸迈前古。
大匠成风巧运斤，班门我亦挥刀斧。
骚坛逸韵壮神州，屈子高怀日月侔。
官清不碍吟哦兴，奋袂低回气尚遒。

"六一节"联欢感怀

重系童巾喜泪弹，座中相对各华颠。
红缨小哨村头忆，一霎烟飞四十年。

辽西走笔五首

九门口

紫塞横空亦壮哉,江山一统九门开。
登高始觉乾坤大,万里游龙入海来。

孟姜女祠

万里寻夫有梦知,痴情牵动古今思:
秦皇霸业空陈迹,却是村姑尚有祠!

塔山英雄纪念碑

卅载烟飞似转丸,当年曾此血流丹。
江山未老英风在,一柱高擎认塔山。

笔架山天桥

天桥连岛水中分,隐现随潮世罕闻。
愿借神簪分碧海[①],龙宫有路可通勤。

【注】
① 天桥为辽西海滨著名景观,潮水落下,便有一条由卵石铺就的天桥出现。神话传说,是王母娘娘神簪划割沧海生成的。

宁远古城

览胜趁芳时，临风蕴绮思。
泉温人好客，楼隽景殊姿。
一部清前史，千章塞外诗。
风光堪热恋，别后总神驰。

为友人题三十年前旧照

卅年回首感千重，旧梦如烟一笑空。
且莫伤怀悲老大，青春犹在画图中。

新疆咏怀五首

乌鲁木齐至库尔勒道中

戛戛轻车去若飞，干沟百里[①]万山围。
冲开尘网登天界，大野澄明洒落晖。

【注】
① 此间极度干旱，寸草不生，黄尘弥漫，童山四围。

天 池

(一)

走马昆仑不计程，乱山高下似云横。
一从此会西王母，千古瑶池系客情。

(二)

一览瑶池百虑删，宦情消向碧波间。
风轻舟稳云容淡，摇首长吟意态闲。

(三)

两腋清风历险攀，松魂雪魄镜中看。
从今不再迷仙境，阆苑西天一往还。

访古楼兰遗址未果

大漠沉埋若许年，惊沙狂卷漫遥天。
残垣不见成虚忆，百快当时一惘然。

1988年

赠 友

新的一年日历册,一月五日始见,寄赠友人,并附小诗。

小圃花迟放,折枝赠友人。
岁朝虽已过,还葆整年春。

对 镜

对镜初惊雪渐侵,劳劳不觉又春临。
人生好景中年后,不到中年不解勤。

题大学生辩论比赛

黠慧机锋逞辩才,标新领异阵图开。
枭兵猛将无遮阻,巧思腾冲遍九垓。

省诗词学会成立闻歌口占

雨润风柔柳色新,泱泱诗国又逢春。
升平不用喧箫鼓,曲曲清歌更可人。

棒棰岛遣怀

高楼纵目兴偏豪,滚滚沧溟接素霄。
欲驾飞舟凌碧落,银河渤澥可通潮?

夜半吟哦

缒幽探险苦千般,夜半吟哦入睡艰。
永记船山惊世语:诗中无我不如删。

吉林吟草七首

舞会口占

东北三省宣传部长雅集长春市。晚值豪雨,溽暑潜消。东道主举办舞会,盛情邀请客人出场,予坚辞不得,以诗代之。

晚雨生凉祛暑天,未谙歌舞愧华筵。
非关左旧轻时尚,为恋诗书断雅缘。
盛会岂堪人寂寞,良朋空羡影翩跹。
呈诗聊作三生约,重聚春城再比肩。

长白天池即兴二首

(一)

烟锁云封雾障身,天光开处现真真。①
仙容一瞥休嫌暂,得见仙容有几人?

【注】
① 长白天池终年隐于浓雾之中,游人难得一见真容。

（二）

虹里头形雾里身，霞晖蜃影总非真。
斯须一闪成终古，过隙驹光不待人。①

【注】
① 其时恰值晓日初临，天池上有虹彩，下笼雾气，当游人与日光、虹彩成一直线时，身影依稀可见，但瞬息即逝矣。

松花湖泛舟

（一）

江山信美悔来迟，五十年华鬓有丝。
翠嶂四围青玉案，澄波千顷碧琉璃。
敲诗虎岛酬今雨，立雪程门忆昔时。
卸却尘劳成小憩，乘槎直欲上天池。

（二）

白水青山展画图，轻舟容与泛松湖。
人工佳构称观止①，敢向江南问有无。

【注】
① 松花湖系人工湖泊。

长白瀑布

晴天长作滚雷声,跳玉喷珠雾雨濛。
万古悬流千丈雪,不知何处有炎蒸。

长吉道中

可是江南六月天?花山叠叠稻连阡。
川原丽景含情对,彩墨浓涂万象篇。

中秋杂咏五首

(一)

终古劳劳照大千,沧桑迭变感人天。
秋容皎皎无纤芥,万影横陈总湛然。

(二)

嫦娥玉兔本虚空,桂影依稀在望中。
不晓飞船登月后,砂荒何处觅蟾宫?

(三)

情怀不羁思悠悠,学海文山汗漫游。
史是风云诗是月,萧斋兴会读中秋。

(四)

诗情每向月中求,万古骚坛咏未休。
但得文宗挥健笔,一时辽海领风流。

(五)

佳节双临赤县天,菊黄蟹紫照华筵。
倾杯一愿遥相祝,两岸人圆伴月圆。

核潜艇发射导弹成功，张正德同志口占二绝祝贺，敬步原韵奉和

（一）

雷轰电掣划遥空，千里云溟曳彩虹。
天外梯航操胜算，神州此日振雄风。

（二）

沧海浮沉指顾中，遥天如意舞神龙。
功成准拟开新界，他日期程探月宫。

附：张正德同志原诗

（一）

巨龙破浪直腾空，飞跃重霄气若虹，
忽报中标千里外，欢声雷动唱东风。

（二）

驾驭长鲸沉海底，神机妙算放蛟龙。
诸君请诉中宵梦，曾否遨游在月宫？

棋盘山水库即景

为晴为雨两由之，埋首沉酣澹定时。
异样丰穰同样乐，渔翁垂钓我敲诗。

乡 情

盘锦香稻诗社举办迎春诗会，应邀寄句，以畅吟怀。

吟坛小圃不寻常，几度欣闻夸稻香。
齐放百花成气候，涵容万派汇汪洋。
人怀旧雨情偏炽，诗寄乡园兴更长。
文运向来关世运，金盘缀锦庆南荒。

1989年

元宵节金牛山诗社诸友过访

一样吟讴庆上元①，人生转盼又经年。
无暇劳燕疏音问，有幸家山续雅缘。
旧雨齐偕今雨至，诗情每在宦情先。
青云凌越无停翼，贪看东风荡纸鸢。

【注】
① 去年此日曾参加诗社聚会。

江城子·祝贺《改革之声》创刊五周年

十年硕果不寻常，遍城乡，满庭芳。
立国根基，坚守莫迷航，
纵有千般难共险，齐奋进，看腾骧。

恢宏踔厉谱新章，慨而慷，意如钢。
前景迷人，何惧路途长！
过隙白驹争晷刻，休负却，好时光。

七 律

　　锦州市诗词学会成立,折柬招诗。因公外出,五日后方寄句遥祝。

剖得双鱼五日迟,荆山雅集恰芳时。
赏心月下花千片,悦目风前柳万枝;
妙绪联珠分壁垒,灵犀悟性耐寻思。
春帆慵载归乡梦,且作嘤鸣寄小诗。

昭陵怀古二首

(一)

关中访古事清游,汉寝唐陵弥望收。
一纸兰亭珍万代,皇王速朽剩高丘。

(二)

堪笑唐宗忌物深,红尘撒手不撒心。
平生激赏翻成恨,烂锁兰亭直到今。

赴渝未果，三峡交臂失之

屐痕楚尾并吴头，访遍名园阅遍楼。
剩有峡江留怅憾，最堪游处未曾游。

南园漫兴

昨夜阴霾惹鬓丝，狂澜过后久沉思。
南园莫谓无风雨，树本花根谨护持。

雨中登凤凰山二首

（一）

未曾相见已相知，顶礼名山雨不辞。
险秀雄奇呈异彩，阴晴昏晓各殊姿。
天然幽境云藏处，绝代仙姝雾障时。
疑幻疑真罗万象，丹青不解且题诗。

（二）

极目迷濛雾障中，漫循石径入苍穹。
久歆江右无双誉，来上辽东第一峰；
四面云山凭想象，满堂风雨淡时空。
天公有意藏清隽，美景由来暗处工。

登辽宁彩电塔

纵目苍空一豁然，摩天塔上瞰辽天。
情怀小异登楼赋，襟抱遥同胆剑篇；
球籍激人争上驷，宏猷励已拚中年。
凭高易感风云会，澎湃心潮意万千。

瑷珲感兴

江天寥廓雁纷纷，高阁登临忆国魂。
岁月难平庚子恨，长松如盖已干云。

辽东行二首

青山乡抒怀

本色天然赞化工，舟行宛在画图中。
风光贵在标新致，何必江南较异同！

白石砬子林海

揽秀餐霞入画乡，接天林海碧苍苍。
山行陡觉须眉绿，云谷风回草木香。

朝阳晨望

高下川原展翠屏,槐黄柏绿晓风轻。
十年重踏营州路,喜见层峦似画青。

读书纪感五首

(一)

绮思妙悟耐寻思,天海诗情任骋驰。
绿浪红尘浑不觉,书丛埋首日斜时。

(二)

伏尽炎消夜气清,百虫声里梦难成。
书城弗下心如沸,鏖战频年未解兵。

(三)

学海深探为得珠,清宵苦读一灯孤。
书中果有颜如玉,戏问山妻妒也无?

(四)

如饮醇醪信不诬,朝朝伏案勉如初。
情怀老大无稍减,沧海扬尘或忘书。

(五)

探骊寻珠五十春,一番晤对一番新。
于谦妙悟堪玩味:书卷多情似故人。

1990年

贺《营口名胜古迹遗闻》付梓

遗闻不患散如尘,续断钩沉擅写真。
把卷营川浑在眼,卧游端可慰离人。

题蔡斯民先生①留真影展二首

(一)

画坛耆宿展丰姿,一瞬存真艺冠时。
妙品风标何所似?范宽秋景杜陵诗。

(二)

艳写丹青出匠心,炎黄耄耋有知音。
蔡公留影诸公画,一样珍存耀古今。

【注】
① 蔡先生为海峡两岸十位高龄知名画家摄影留真。

题张震泽先生诗书画展

四海文林播盛名,诗笺墨沈溢豪情。
驱山走马游天外,笔底波澜老更成。

自 嘲

会海文山羁此身,星辉霞彩任浮沉。
情知仕路诗情淡,俗吏偏耽诵雅音。

访朝诗抄二十七首

丁州郡新川里

虹桥碧水画亭幽,金谷青桑衬粉楼。
除却西湖无瘦影,丁州依约似扬州。

山村少女

茅舍疏篱野径斜,清泉一脉瀑如纱。
憨情小犬伏身侧,照影寒塘插鬓花。

妙香山

青山隐隐接层霄，溪啸松鸣慰寂寥。
俯瞰恍疑天上坐，抬头依旧月轮高。

睡 起

悠然一枕香山梦，卸却尘劳滤百思。
睡起忘怀家万里，床头遍觅杜陵诗。

瀑 布

静锁深岩万万春，浑然不解染嚣尘。
虹桥一架通消息，漫曳柔裙惹梦痕。

山 溪

绿树峰头暗，红云碧落横。
山溪匝地响，一路作秋声。

妙香山纪游二十韵

漫踏香山路，摇身入画图。
楼如金字塔，水似瘦西湖。
晴雨一时变，晨昏万态殊。
潭澄鱼漫泳，林密鸟频呼。
侧柏播香远，长松照影孤。
危桥连雾壑，险栈架云途。
飞瀑冲霄落，鸣泉涌地铺。
随行敲碎玉，夺路汇江湖。
我欲林间去，歌从岭上浮。
亭台围绿槛，童稚杂红姝。
舞影腾金浪，歌音荡碧芜。
攀岩诚不易，助兴岂能无！
石磴增还减，栏杆放又扶。
掌声如雷起，语障已烟除。
举臂风摇柳，开喉盘走珠。
朝歌夹汉语，孟姐伴车姑。
意有千钧重，情无半点疏。
有朋来自远，不乐复何如！
浩浩情无限，悠悠日半晡。
清溪牵别意，逝者如斯夫。

记老荣军怀念志愿军战友

会面烽烟里，欢声杂炮声。
拥眠天作被，摸哨月同行。
命运连根蒂，征程共死生。
怀思萦梦寐，西北暮云横。

高丽饭店感怀

浮云轻抹几星孤，人语鸡声一例无。
独倚高楼休怅望，昨宵有梦认归途。

南 浦

（一）

南浦清秋景万千，良畴巨港两增妍。
神工堪耀人间世，闸海长堤接远天。

（二）

南浦营川一水间，千重白浪百重山。
乡情不管迢遥路，归梦悠悠送我还。

参谒大成山烈士墓调寄一剪梅

参谒陵园感万重,细雨朦胧,泪眼朦胧。
鲜花碧血一般红,此也彤彤,彼也彤彤。

无限风光在望中,万象葱茏,四野葱茏。
当年鏖战创殊功,别了英雄,记住英雄。

朝鲜艺术电影制片厂

惝恍迷离景倍佳, 屐痕顷刻遍天涯[①]。
黄云满眼秋将半, 一路津津说卖花[②]。

【注】
① 厂内设有各国街市布景,备拍摄外景用。
② 在这里重新观看了影片《卖花姑娘》,归途上鲜花照眼,稻浪铺金,饶有诗意。

板门店

天色澄鲜不染尘,风和日丽幻耶真?
个中确有伤情处,锦绣河山一线分。

新平郡茶亭小憩

茶亭小憩赏秋时，纵目驰神任所之。
流水有情频送远，飞云无迹漫劳思。
鸿泥短暂缘应浅，河岳迢遥会鲜期。
一角白楼堪啸傲，青松红叶好题诗。

茶亭送别

匆匆一会又临歧，情意殷殷费想思。
举目无非泼墨画，萦心尽是感怀诗。
穷通遇合鸿留雪，聚散循环叶落枝。
莫怨青山遮望眼，青山宛转送行迟。

元山松涛园

月明松影绿烟浮，莲舫亭桥画不如。
少了梅花多个海，元山亦有瘦西湖。

东 海

洪波浩淼漾秋鹇，晓雾空濛漫远山。
纵有诗情吟未得，迷茫遥在水云间。

外金刚

无负名山赫赫声,千般石相栩如生。
松多不掩层峦秀,蝉噪偏增羁旅情。
九瀑练裙饶客兴,八潭美目向人青。
何当插翅登天界,遍赏金刚万二峰。

晨 望

绝巘苍虬翠影深,金刚壁立晓星沉。
登临遍是兴怀地,伫望前峰未息心。

仙女泉

金刚山有仙女泉,传说饮此泉水可祛老延年,仕女争相酌饮,戏占一律。

健步攀岩尽妙龄,羞将华发对山青。
蓬壶岁月谁亲历?尘世烟波我惯经。
胜地传奇终有意,神泉祛老恐无灵。
仙姬怕管人间事,雾霭迷濛匿影形。

三日浦

怪石奇松掩画楼,澄波也解钓王侯。
非因女色倾邦国,酖毒山川恋远游①。

【注】
① 三日浦为金刚山著名游览胜地。相传古代有一国王在此游览,原拟只住一宿,沉湎于湖山胜景,流连忘返,三日始归,以致京都为敌国所破。"三日浦"由此得名。

山 行

(一)

金刚风物豁吟眸,荟萃奇观世罕俦。
最爱崚嶒山万叠,十峰过处九停留。

(二)

策杖清游入画间,穿林跨涧路弯环。
他乡不愿登高望,怕有晴峦似故山。

夜宿东林郡

（一）

高瀑千寻下九陔，轰雷奔马撼楼台。
夜阑未听风吹雨，也有冰河入梦来。

（二）

也无风雨也无潮，只有悬泉百丈高。
梦断水声凉到枕，漫和松影伴清宵。

江桥握别

盈盈一水本非遥，无那情深未忍抛。
别后还期勤顾盼，有人相忆对江桥。

楚行吟草三首

黄鹤楼·电视塔调寄一剪梅

楼塔巍巍一水间，才下蛇山，又上龟山。
风光果似画图鲜，桥跨晴川，阁映晴川。

过客滔滔赞楚天，诗兴翩翩，思绪翩翩。
白云黄鹤两悠然，来也留连，去也留连。

编钟乐舞·调寄浪淘沙

眼界豁然开，钟磬盈台。
八音六佾出新裁。
千古沉埋声未息，响彻天街。

郁郁乎文哉，宫羽和谐。
果然三楚有英材。
桔颂国殇都奏了，激荡情怀。

三峡即兴

轻舟如箭下江陵，高峡危滩一水争。
短梦未成千嶂过，巫山何处听猿声？

1991年

冰 城

回首天边月半弯,琼楼玉宇在人间。
归来笑说仙乡梦,我自冰城一往还。

水上市场所见四首

泰国湄南河上有水上市场,河道相当于街市,木筏、小船上设置货摊,旅客乘快艇、游船购物,就中以外国人居多。

(一)

水上墟场岸上楼,湄南风景画图幽。
飞尘不起轮蹄杳,交易全凭舠舰流。

(二)

木船如鲫趁墟忙,万果千花列货庄。
佛塔巍巍临水立,钟声常伴市声扬。

（三）

生计终年一木舟，泰娘声哑蹙眉愁，
无情碧眼黄须客，不买香柑只解游。

（四）

买得鲜花未惜钱，哀哀叫卖总堪怜。
萍踪鸿爪何劳问，明日分飞怅远天。

挽陈怀先生二首

遥 祭

梦断音容尚宛然，床前揖别隔人天[①]。
诗翁去后情怀淡，独对青灯作素笺。

【注】
① 书法家兼诗人陈怀先生患胰腺癌，新年期间前往探视，床头畅叙移时，临别依依，不料竟成永诀。

集清人句

千年过客太匆匆（张问陶），
聚散浑如一醉中（黄仲则）。
最是春来无限憾（刘友宪），
云霄何处托冥鸿（丘逢甲）。

月牙湾漫兴三首

（一）

恍疑海市起云间，楼阁参差景万般。
馈我豪情八百斗，新诗题向月牙湾。

（二）

涛吟浪舞自年年，秀出一湾别有天。
倒海移山惊世换，青波白鸟故依然。

（三）

文蹊政径倦浮名，且棹烟波画里行。
人爱青山予爱海，洪潮昂奋碧澜清。

题丹东《美之歌年度集锦》

扰攘红尘倡雅风,甘泉时雨润空濛。
年年集美存青史,磨杵能收济世功。

长海即兴

遄飞逸兴倚楼台,晓日初临一镜开。
浪静风轻天似洗,万帆齐送海鲜来。

题《辽宁名胜新楹联选》

珠蕊琼花着意裁,毫端顷刻百花开。
江山也靠诗家捧,人爱风光我爱才。

鸭绿江晨泛

春波涌浪碧毵毵,未饮醇醪已半酣。
山绾烟鬟云酿雨,迷离风色似江南。

贺沈阳市图书馆新馆落成

四壁琳琅照眼明,高文典册满楼楹。
攻坚何惧书城固,驱遣胸中百万兵。

七绝二首

新加坡友人周颖南先生发起唱和于右任民治学校园纪事诗,诗以赞之。

(一)

髯翁妙绪挹清芬,四海瑶华萃异珍。
七十年间一盛事,文坛雄峙两高人。

(二)

漫道奇章和韵难,人间诗境较天宽。
瑶编可抵连城璧,胜业鸿才颂颖南。

秋游白洋淀十四首

(一)

沧波一棹镜中行,秋水蒹葭忆雁翎,
万顷芦云千里雪,绵绵诗绪绕群英。

（二）

轻寒细雨荡秋舲，冲破芦烟宿雁惊。
欲剪湖光留画本，不知身在画中行。

（三）

水淀芦塘久擅名，苍苍涵汇古今情。
莫嗟此地无车马，双桨凌波似燕轻。

（四）

湖影涵青展画屏，香荷万柄映空明。
轮蹄不到红尘远，一枕烟波梦也清。

（五）

芦荡荷塘纪战程，弯弓射口任纵横。
重编水泊豪英传，第一风流数雁翎。

（六）

剪水穿云倍有情，寻诗问史纪征程。
英风侠气依稀认，苇阵森森列甲兵。

(七)

秋霜未落气先清,古淀风烟画不成。
俯仰苍茫天地迥,诗怀凭此孕空灵。

(八)

云罗卷碧诗无字,风苇摇青画有声。
五十寒温惊世换,渔歌水调颂承平。

(九)

难得秋江一棹横,独将拙句写娉婷。
等闲久被尘缘误,悟到诗情鬓已更。

(十)

眼底沧溟似镜平,鱼香酒冽溢楼楹。
频闻域外风波恶,手把音机着意听①。

【注】
① 见一老汉坐水乡新居前,谛听新闻广播,感而赋此。

(十一)

瘤癖烟霞未了情，公余饶兴以诗鸣。
予怀渺渺伊人杳，目断蒹葭百感生。

(十二)

一篙烟水载秋行，弥望茫茫远市声。
嘹唳征鸿天际去，等闲犹作故园听。

(十三)

儿女风云写战程，荷塘无处不关情。
饶他余子倾心久，独步文坛未易赓[①]。

【注】
① 赞孙犁先生。

(十四)

秋舸穿波莫缓行，浮沤沉滓暗流腥。
鸢飞鱼跃成虚忆，辜负明珠赫赫声[①]。

【注】
① 白洋淀污染严重，亟待治理。

北国行吟五首

红场抒怀

无言抑塞对宫墙,游子惊心叹海桑。
鸦噪云飞风瑟瑟,钟楼千载阅兴亡。

圣彼得堡纪感

(一)

风满苍空雪满城,悠悠涅瓦咽涛声。
不堪岁暮长街立,楼阁依然世已更。

(二)

洒血抛颅捍列京,三年固守一朝倾[①]。
诚知裂变非因战,自古攻心胜举兵。

【注】
① 卫国战争期间,苏联军民固守列宁格勒九百天,希特勒终于败退城下。

雅尔塔谈判会址

盟解基倾世已非,当年曾此振声威。
只今鸥鹭无心甚,犹逐清波款款飞。

空中纪感

欧亚穿行万里程,风光几度梦魂萦。
茫然收却生花笔,破碎河山画不成。

1992年

赠 友

长河源尾两知音,断雁零鸿展素心。
六载神交如水淡,清纯若此世难寻。

滇行杂咏七首

沈阳——昆明机上

漫道凭高眼界宽,白衣苍狗幻千般。
云涛翻滚披猖甚,藏裹河山不放还。

登龙门

云水苍茫入画间,碧鸡金马锁雄关。
大观楼隘嫌遮蔽,还向龙门险处攀。

翠 湖

陌上花开客到迟,翠湖烟柳已垂丝。
浮云净扫天光碧,万点翔鸥乱撞诗。

山茶花

花气熏人欲破禅[1],禅盲似我自陶然。
徜徉十里诸香界,忘却秋霜染鬓边。

【注】
[1] 陆游诗句。

三道茶[1]

未经世路千重境,且饮人生三道茶。
消受个中禅意味,岩峣险阻漫嗟讶。

【注】
[1] 白族以"三道茶"待客,头道为苦茶,二道为甜茶,三道为回味茶。

洱 海

吞天一海揽滇云,水阔风高荡俗氛。
白雪千层冰万叠,清波织作碧纱纹。

苍 山

碧天凉影点苍颜,古雪神云景万般。
缩取银峦供画本,归来冰玉满胸间。

西北行十四首

皋兰山夜景

灯海星河万树花，三台杰阁阅繁华。
金城璀璨天难夜，待泛银潢八月槎。

沙海蜃楼

亭台倒影绿烟浮，万顷澄澜似镜铺。
休怪蜃楼多幻景，尘埃野马本模糊①。

【注】

① 语出《庄子·逍遥游》："野马也，尘埃也，生物之以息相吹也。"意谓荒漠旷野上的云气、尘埃，飘忽奇丽，乃天地间生命体的气息互相磨擦、激荡的结果。

祁连雪

（一）

断续长城断续情，蜃楼堪赏不堪凭。
依依只有祁连雪，千里相随照眼明。

(二)

邂逅河西似水萍，青衿白首共峥嵘。
相将且作同心侣，一段人天未了情。

(三)

皎皎天南烛客程，阳关分手尚萦情。
何期别去三千里，青海湖边又远迎！

(四)

轻车斜日下西宁，目断遥山一脉青。
我欲因之梦寥廓，寒云古雪不分明。

阳关口占

浊酒清歌寄意深，沙荒古道荡诗心。
如山典籍束高阁，三叠阳关唱到今。

定西遇雨

烟雨茫茫过定西，干禾扑地望中迷。
秋霖纵美成何用，施惠由来怕失期！

麦积山石窟

卓立尘寰世所稀，孤标不与众山齐。
危崖造像云中窟，复道飞虹月下梯；
似笑似颦瞻法相，疑南疑北赞神騩。
摩挲细认留连久，绝代精工未可跻①。

【注】

① 石窟塑像中，佛陀法相庄严，而容色蔼然，表情似颦似笑，造型十分优美。窟顶壁画中有一骏马，随着人们仰视位置的变化，马头朝向也在换，堪称一大奇观。

秦安道中

高路入云端，飞车岭上盘。
凝眸寻渭水，俯首瞰秦安。
诗圣情长注，将军梦未残①。
千秋人换世，佳果满林峦。

【注】

① 秦安古称成纪，为汉"飞将军"李广故乡，亦诗圣杜甫旧游地。杜甫陇东诗中有"迟回度陇怯，浩荡及关愁"，"西征问烽火，心折此淹留"之句。

龙羊峡水电站

千里游龙一剑横，涡轮转得万方明。
轻车下坂频回首，过此黄河不再清。

泾渭合流

一别兰州古渡头，关中泾渭叹双流。
人生也似黄河水，浊浪清波一例收。

黄帝陵

尊宗法祖聚深情，不剪枝柯万柏青。
华夏重光千载业，开来继往拜黄陵。

陕甘青之旅·调寄天净沙

雪峰草地毡庐，沙山戈壁盐湖。
历遍冬春秋夏，七千云路，何殊人世征途！

贺"海内外中华诗词大奖赛"

湖海襟怀大雅情，千门红紫竞峥嵘。
侬家笔弱无奇韵，且向骚坛送掌声。

沁园春·题电视剧《荒路》

七色人生，初涉世路，勇辟蒿莱。
喜雏鹰展翅，腾飞致远；
精钢淬火，磨炼成才。
际会风云，因时乘势，改革平添大舞台。
凭谁料，竟龙蛇翻转，境界新开！

直须抖擞尘埃，任荣辱升沉不介怀。
纵征程迢递，常坚信念；
难关层叠，尽可推排。
往事千端，哲思万缕，一曲清歌亦壮哉！
如椽笔，为荧屏增彩，玉剪珠裁。

中秋偕友人登千山"天外天"

难得人圆月也圆，名山佳节会群贤。
灵丹何必嫦娥窃，饱饮清泉也上天[①]。

【注】
① 千山有"天外天"绝景，诸君喝足矿泉水后，鼓足气力，"一步登天"。

1993年

土囊吟三首

（一）

造化无情却有心，一囊吞尽宋王孙[①]。
荒边万里孤城月，曾照繁华汴水春。

（二）

艮岳[②]琼宫已作尘，神龙一霎变囚人。
东风不醒兴亡梦，大块年年草自春。

（三）

哀惋秦人待后人[③]，松江悲咽土囊吟。
荒淫不鉴前王耻，转眼蒙元又灭金。

【注】
① 黑龙江省依兰县有五国城遗址。其地三面为江河包围，状似一敞口土囊。北宋祚终，徽钦二帝及宗室三千余人被金太宗囚禁于此。
② 艮岳，宋徽宗在汴京所建宫苑。
③ 语出唐人杜牧《阿房宫赋》："秦人不暇自哀，而后人哀之；后人哀之而不鉴之，亦使后人而复哀后人也。"

1994年

大鹿岛抒怀二首

参加东港市大鹿岛乡甲午海战一百周年纪念活动,海天无际,坠绪茫茫,诗以纪之。

(一)

战地寻踪倍有情,百年史事问沧溟。
洪涛未泯英雄血,万古东沟播俊声。

(二)

血染沧波漫海流,英灵大节重千秋。
黄溟一曲悲歌壮,鹿岛名扬五大洲。

题浑河源头

意绪飘岚入莽苍,高山流水翠云廊。
一川草木通王气,始信源头意味长。

咏张学良将军·调寄鹧鸪天

风雨鸡鸣际世艰,西京义烈震瀛寰。
胸藏海岳居无地,卧似江河立是山。

今古恨,几千般,功臣囚犯竟同兼!
英雄晚岁伤情事,锦绣家乡纸上看。

西安兴庆公园即景·调寄一剪梅

借鉴江南构古园,放眼宏观,着手微观。
华亭曲槛衬湖山,蝶向花穿,琴向心弹。

袖里乾坤万顷宽,静倚雕栏,寄慨千端。
风光虽好莫流连,检点余欢,且跨征鞍。

九江二首

僧童观鱼

江西九江东林寺有莲花池,游鱼队队戏于荇藻之间,一僧童伫立池畔痴望不置,余有感焉。

翠暗红消叹碧池,生机寥寂憾芳时。
禅心未作沾泥絮,鱼跃鸢飞漾绮思。

车陷泥淖中,访琵琶亭未果

遥遥怅望未能前,始信人生有夙缘。
车陷泥塘挥汗雨,一如涕泪染青衫[①]。

【注】
① 白居易《琵琶行》有"座上何人泪最多,江州司马青衫湿"之句。

1995年

自题散文集《春宽梦窄》

行尽天涯梦未宽，每将心迹达毫端。
三分诗笔七分史，留待他年冷眼看。

题丹东杜鹃花节

北地春心托杜鹃，诗情画境两增妍。
十年始与花期会，珍重江城一日缘。

邙山怀古四首

（一）

圮尽楼台落尽花，当年曾此擅繁华。
临流欲问前朝事，古涧潺湲戏浅沙。

（二）

残墟信步久嗟嗟，帝业何殊镜里花！
叩问沧桑天不语，斜阳几树噪昏鸦。

（三）

茫茫终古几赢家？万冢星罗野径斜。
血影啼痕留笑柄，邙山高处悟南华。

（四）

民意分明未少差，八王堪鄙冷唇牙。
一时快欲千秋骂，任教诗人说梦华！

拟古离别二十七首

予初涉文苑，原从小说起步。后虽专事散文、诗词创作，然于小说一途亦未尝忘怀，每读时人佳作，辄见猎心喜。尝构想演绎清末一双才侣之苦恋悲歌，尽写其"求不得"、"爱别离"的怅憾幽怀。并已按情节发展进程，拟作相互赠答诗若干首。惜终因才力未逮，而屡作屡辍，几于流产。自忖韶光驹逝，文债山积，恐难重贾余勇而再作冯妇。遂藉吟稿结集之便，从中拣取七绝若干首，以公同好。

（一）

谈瀛海客语从容，一点灵犀已暗通；
北往南归波浩渺，情丝千缕托宾鸿。

(二)

款款情深见素心，西楼一霎悟前因。
渔郎识得桃源路，二月春浓欲问津。

(三)

记得芳园并倚时，湖山痴恋晚归迟；
回头怕忆长安路，旧梦分明感不支。

(四)

画饼疗饥信有之，云天凭此寄遥思。
等闲识得东风面，一树黄花照眼时。

(五)

芳衷脉脉闪情波，满腹幽怀蹙黛蛾。
底事花前无一语？一林缟素似银河！

(六)

空报佳期鹊踏枝，飞蛛枉自袅情丝。
难堪独立黄昏候，一抹斜阳弄影时。

(七)

闷守萧斋百不宜,幽怀落寞数归期。
晨兴忍顾楼西路,绿树依然倩影稀。

(八)

未妨惆怅是清狂,但惜流尘暗烛房。
守到清秋还寂寞,小姑居处本无郎。

(集李义山句)

(九)

两两鸳鸯护水纹,月楼谁与伴黄昏?
几年始得逢秋闰,莫枉阳台一片云。

(集李义山句)

(十)

结伴西行系梦思,分襟南北怅栖迟。
不如意事常千万,想见才人扼腕时。

(十一)

情深争奈夙缘悭,斗室翻成离恨天。
万种幽怀萦晓梦,娟娟素影付寒川。

(十二)

料峭东风作晓寒,故都光景尚凋残。
相将何物堪萦念?烂漫春郊二月兰。

(十三)

怕见公孙树万枝,风前摇曳逗离思。
临歧频拭双行泪,忆得盈盈月上时。

(十四)

惜别匆匆悔见迟,而今潘鬓渐成丝。
奋飞常恨身无翼,一种秋怀两地知。

(集黄仲则句)

（十五）

旅食京华计苦辛，等闲憔悴过花辰，
缠绵思尽抽残茧，强半书来有泪痕。

（集黄仲则句）

（十六）

镰月纤纤映碧池，团圆无计憾芳时。
空阶零落王孙草，怅问南园蝶可知？

（十七）

为有情多憾也多，年年陌上听骊歌；
莲塘并蒂红如锦，愁对烟波唤奈何。

（十八）

壑暗林幽一径斜，桃源渺远似仙家。
也知身在情长在，无那人生恨有涯！

(十九)

锦瑟缘悭一见难,秋来久未抚冰弦。
瑶台月下知音杳,懊恼中宵意惘然。

(二十)

难忘秦淮夜泊船,琴箫协奏有清欢。
而今一去人千里,手抚冰弦入梦弹。

(二十一)

庭园万木作愁声,辗转床头梦未成。
昨夜东风前夜雨,离怀百物尽关情。

(二十二)

何期连日雨霖霪,帘外潺潺尽入心。
为有幽人归未得,三更翘首看晴阴。

(二十三)

烂漫夭桃映晓帷,玉人南下未曾回。
年年空缀鸳鸯锦,辜负春风几夜媒。

(二十四)

一枕游仙梦未成，百忧如草铲还生，
披衣却向中庭立，倩影蟾宫看更清。

(二十五)

璧月无声却有情，漫移疏影度寒棂。
诗魂夜访浑相认，争奈频频唤不应。

(二十六)

款款盟心亦夙因，多情千载付才人。
零鸿断雁愁难遣，恨袭西风日半沉。

(二十七)

秋草凝烟忆别离，追仙蹑鬼各东西。
河阳此日楼千百，只恐重来路欲迷。

有感黄仲则三首

《两当轩集》读后

两当轩里记曾游①，梦断都门二百秋。
似此星辰非昨夜②，衡门依旧月如钩。

【注】
① 两当轩为诗人黄仲则故居，在常州。
② 黄仲则诗句。

黄仲则与黄遵宪

奇峰对峙羡双黄，人境①遥遥逐两当。
脱尽繁华还本色，一篱直欲插三唐。

【注】
① 人境庐为黄遵宪故居。

王渔洋与黄仲则

清诗浩荡水流长，秋柳都门①各擅场。
安得双峰常在眼，两当轩里赏渔洋。

【注】
① 《秋柳》、《都门》分别是王渔洋、黄仲则的诗中名篇。

三江赋别

船歌高亢牧歌甜,碧草如茵接远天。
我与三江期后约,流云逝水两茫然。

自 嘲

煮字生涯岂等闲,负沙搏浪苦浮潜。
熊鱼窃笑贪心甚,功业文名欲两兼。

1996年

严陵钓台二首

(一)

忍把浮名换钓丝,逃名翻被世人知。
云台麟阁今何在?渔隐无为却有祠!

(二)

江风谡谡钓丝扬,淡泊无心事帝王。
多少往来名利客,筋枯血尽慕严光!

浪淘沙·辽阳二咏

衍水①匿燕丹,丁鹤翔天,公孙虎踞有渊源。
塞外河山推重镇,遍野烽烟。

弹指阅千年,风月依然,蜂争蚁斗几周旋。
红蓼如焚烧绿岸,蝶影翩翩。

【注】
① 今称太子河。

张家界三首

著名风景区张家界风致绝佳。相传汉初名相张良终隐于斯,张家界以此得名。又传金鞭岩为秦始皇赶山金鞭所化。山间石壁高耸,旁立一石作儒生状,因名其景为"儒士藏书"。余丙子初夏过此,应友人之约题七绝三首。

(一)

秦火滔天却也疏,深山犹自有天书。
当时若得张良见,还向桥头纳履无?

(二)

祛老天书匿碧虚,山深未走始皇车。
可怜不得长生术,难免沙丘伴鲍鱼。

(三)

千载攻书立险峰,今时犹见古儒生。
凭虚欲问经纶策,地哑天聋唤不应。

夜宿衡阳某区噪声聒耳夜不能寐戏题二首

（一）

无端南岳受音刑，彻夜狂歌吼未停。
佑我今宵聋且哑，床头揖拜乞山灵。

（二）

卡拉通夜扰山城，百怪千奇败市声。
辜负衡山天下景，最文明处不文明！

题报告文学集《烹饪大师》

馔史肴经盖有年，调和鼎鼐喻高贤。
名厨不再伤寥寂，幸倩徐君妙笔传。

云冈石窟纪感

千年沉重仰浮屠，国宝濒危痛欲呼。
但得要津同虑此，明时自不失玄珠①。

【注】
① 引述赵朴初原句。

题曹雪芹纪念馆

缘由园址又源流，一梦喧腾二百秋。
史证般般坚似铁，襄平著籍认曹侯。

题张学良旧居陈列馆

板荡风涛事惯经，冲天一举震寰瀛。
千秋健旅知多少，独有将军照汗青。

1997年

题散文集《山野菜》

岁月迢遥浣旧痕,山蔬野蔌寄情温。
生涯亦有鸿泥感,华发回头认本根。

题本溪水洞四首

(一)

钟乳石林叹化工,人间绝景壮关东。
神龙生怕腾云去,固闭深藏古洞中。

(二)

流水声中展画屏,一舟容与往来轻。
天生怪诞嵚奇状,我作平和坦荡行。

(三)

拊掌倾谈一笑中,沧桑不尽古今情。
石林钟乳八千岁,洞口桃花一霎红。

(四)

本地风光原秀美，出山泉水也澄清。
云迷洞府空今古，绝胜他乡万里行。

迎香港回归

南望总神驰，香江系梦思。
临风抒浩气，逐日计归时。
勿忘蒙羞史，常吟励志诗。
金瓯缺又补，壮举振来兹。

赠彭定安先生

学养才情誉沈辽，阃中肆外耸清标。
余霞散绮成新灿，更喜隆名逐日高。

题全国"芙蓉杯"诗书画印大奖赛(集唐人句)

一片冰心在玉壶 （王昌龄），
高情自与俗人疏 （张　籍）。
芙蓉生在秋江上 （高　蟾），
桃李清荫却不如 （薛　能）。

法兰克福听海顿《告别》交响曲

异国清音存妙谛,秋宵俊赏寄烟霞。
聆琴顿起思乡感,他是归家我去家。

逝 波

青春如梦憾蹉跎,老去狂奔逐逝波。
一卷未终天又晚,人间难觅鲁阳戈!

1998年

题《现代家庭教育》杂志

刊林我爱此奇葩，固本培根益万家。
素质自高心尽美，人才指日灿云霞。

悼鲁野先生

崎岖历尽惜明时，红烛长燃力不支。
珠玉未随清梦杳，文名久被世人知。
萍踪汗漫千程远，噩耗沉埋半载迟。
静夜无眠怀旧雨，一篇薤露寄哀思。

1999年

题吕公眉诗文集《山城拾旧》二首

(一)

被褐怀珠历雪霜,天留一老作灵光。
骚坛饶有三千士,诗酒风流尽瓣香。

(二)

往日春风结客场,生平知己此难忘。
未妨余事耽佳句,也列门人弟子行。

(集清人舒铁云句)雾中访江郎山不见题诗四首

(一)

千里驰驱历险艰,茫茫迷雾隐三山。
世间尤物难消受,归抱舆图纸上看。

(二)

雾锁云封一壮观,千重素帐裹羞颜。
江郎也似新娘子,头未梳成不许看。

（三）

吟魂缭绕雾云间，妙绪幽思涌巨澜。
倩影何妨凭想象，羞花闭月美千般。

（四）

撑持天地与人看，除却江郎莫话山①。
今古一齐提胃口，只听吆喝不开盘。

【注】

① 这是当地盛传的两句话。前者为辛弃疾咏江郎山名句，后者是今人的赞语。

烂柯山

烂柯山下少人行，不见王生①见石枰。
斧柄未留留话柄，仙凡一样重虚声。

【注】

① 相传晋时樵夫王质入山，见两个仙人下棋，一局未了，回头发现斧柄已经烂了。烂柯山由此得名。

2000年

山庄留别五首

(一)

胜境难忘信宿眠,楼台装点锦山川。
林亭掩映双峰秀,岚影婆娑万景妍。
满目苍茫临碧落,千秋兴废览辽天。
等闲别却江村路,回首还期后日缘。

(二)

风来月上任由之,瀛苑游仙醉不辞。
好梦每堪三日忆,空山禁得百年思。
禅中机息闲方悟,尘外桃源到始知。
惜取清光舒倦眼,重来期约叶红时。

(三)

灵府绝尘浴晚风,数声啼鸟噪山空。
王刚哥苦①关情甚,尽付微凉一枕中。

【注】
① 山中有棒槌鸟,传说为采参女所化。女有情哥名王刚,采参坠崖而死,女不知也,夜夜哀鸣呼叫:"王—刚—哥",其声凄苦至极。

(四)

屏息亭台伫望殷,东山为我净尘氛。
纵然不作扬州客,也占澄明月二分。

(五)

历遍神州景万千,归来六旬览风烟。
山庄占尽人间美,胜绝江南四月天。

咏五龙山城市公园 三首

(一)

亭台凸现指轻弹,十里林园叹止观。
华屋参差奔眼底,梵宫错落矗云端。
洞天福地三生业,静水闲花一路禅。
王粲登楼吟未得,游山容易写山难。

(二)

林峦佳处避炎蒸,胜境盘桓倍有情。
飒飒松风传雅韵,幽幽岚影印轩楹。
远抛俗累兼尘滓,静赏虫吟并鸟声。
莫教愚公移此去,天成绝景壮江城。

(三)

翠屏高下逐人来,一路灵明展镜台。
静里饱谙清意味,襟怀欣对好山开。

为友人题散文集

为文为政两从容,妙绪遐思尽意中。
眼界胸襟关健笔,成功三昧古今同。

答江南友人

文园万里有知音,惭愧才人瞩望深。
我欲因之梦吴越,盈盈璧月点天心。

《何处是归程》题记二首

(一)

世间无缆系流光,今古词人引憾长。
且敛飞花存碎影,勉从腕底感苍凉。

（二）

生涯旅寄等飘蓬，浮世嚣烦百感增。
为雨为晴浑不觉，小窗心路觅归程。

杨仁恺先生获人民鉴赏家称号诗以贺之

鉴美弘文五十年，神州域外仰高贤。
宗师德业称型范，霞彩桑榆丽满天。

2001年

沈延毅先生十年祭,谨吟四首七绝,长歌以当哭耳

(一)

程门犹记受知时,手泽长存去后思。
十载人天悲永隔,一篇薤露悔成迟。

(二)

孤坟岭下雪丝丝,落木寒烟夕照时。
如此高才埋地土,从知绝物总难持。

(沈老墓在盖州青石岭下)

(三)

书当快意常收尾,人到相知易别离。
解得庄生参悟语,浮槎终有落帆时。

(四)

想见先生旷世姿，弦歌绛帐最堪思。
临风不待山阳笛，独对沧桑唱旧词。

（集沈老诗翁句）

越行吟二首

河内抒怀

一城绿影半城湖，散尽硝烟展画图。
满目青葱秋色里，故园当已雪平铺。

海防——鸿基道中

青山如黛水拖蓝，花未凋疏叶未残。
等是枝间无鸟语，寂寥光景似江南。

题《青石岭镇志》

万象峥嵘蜀道平，雄关阅尽古今情。
名贤已自归黄垅，赖有斯文说废兴[①]。

【注】

① 青石岭下有青石关，为唐王征东时古战场。岭下有沈延毅、吕公眉二名士墓。

2002年

悼刘黑枷先生

一别音容怆渺然,茫茫梦幻隔人天。
凝神每欲踪前影,把卷还期续后缘。
八斗清才钦大雅,千秋健笔羡文仙。
西风飒飒凋黄叶,痛惜秾华逐逝川。

题文化知识大赛

也似精灵解赋形,千般赖汝竞峥嵘。
兴衰成败归人本,文化由来未可轻。

题《范敬宜诗书画》六首

(一)

墨采光鲜耀大都,新知旧雨漫惊呼。
范家自有连城璧,只恐王郎识碔砆①。

(二)

犹记秦淮夜泛时,狂谈班马醉哦诗。
从来绝艺知音少,愧我无才作子期。

(三)

籍甚吴门大雅才，廿年苦滞塞垣隈②。
江河不废流千古，华采毫端烂漫开。

(四)

尺素能参造化工，少年才艺冠江东。
销磨未便情怀减，辉映疏林淡墨中。

(五)

不忍高华没草莱，晚教艺苑展鸿才。
素衣未受缁尘染，云影无心出岫来。

(六)

宦海经年亦淡如，书生意气总难除。
纵横一管生花笔，潇洒从容似大苏。

【注】

① 元好问《论诗三十首》之十有"少陵自有连城璧，争奈微之识碔砆"句，意谓元微之评杜甫未能得其真髓。"碔砆"，石之似玉者。

② 范公被错划为右派期间，曾在辽西偏远山区"劳动改造"。

天华山十咏

　　辽东有天华山大边沟景区,风光独特,石景呈千般幻相,惟妙惟肖。游览一过,胜景奇观时萦梦寐,诗以纪之。

连理松

岂似人间离恨重,匆匆聚散走西东。
终生不解天涯别,连理枝头爱意浓。

白龙涧

一川石磊大如牛,涛吼溪鸣伴白头。
也似人间生死恋,年年水咽大边沟。

昂首雄狮

昂首云端气象雄,一声咆哮夕阳中。
长林寂寞风萧瑟,暮霭苍茫谁与同?

群仙聚会

层峦绝嶂展楼台,聚会群仙望眼开。
毕竟关东饶胜概,秦皇何苦觅蓬莱!

伟人像

文旌长驻彩云间，秋叶春葩自往还。
眼底别开诗境界，天华依约似韶山。

通天洞

奇险神工出峻岩，仙人指路想从前。
腾身一跃超凡界，绿树繁花隐洞天。

万景园

怪态奇形未可攀，遥看幻相景千般。
一当凿径循阶上，乱石纷陈忒等闲。

回头溪

清泉汩汩出岩间，跳荡奔腾去不还。
待得投身浊浪里，始知回首恋青山。

丹枫一树

转眼长林万叶空，流年似水水流东。
从知岁晚芳华尽，落寞丹枫着意红。

天 台

石壁崔巍黛色浓,禅关终日水云封。
冥濛纵有天书在,知在瑶台第几重?

七绝六首 草木篇

二月兰

嫩叶娇花秀可餐,芳馨如梦佐清欢。
生涯管领闲田地,旖旎春风二月兰。

丝 瓜

芳时易尽小庭幽,数点黄花趁晚秋。
瓜瓞缘墙堪写意,弯弯如月亦如钩。

洋 姜

疏枝大叶影横斜,气宇轩昂壮可嘉。
雨骤风狂浑不管,金冠长剑守贫家。

碧 桃

芳枝镇日舞东风,绽蕊深红间浅红。
一样花开偏寂寞,主人何日赋归程?

香 椿

（一）

春半闲庭插寸条，柔枝何日耸青霄？
横窗待扫三更月，厚意隆情伴水浇。

（二）

灌水舒根寄意深，遮阳端赖汝成荫。
世间岂有无情物，翠影娟娟更可人。

银幕情深

予素钟情电影，以其有演绎人生之妙——每观赏一过，皆有重历一番人生的感悟。题此以祝颂省电影家协会成立二十周年。

银幕情深结厚缘，赏心娱目几经年。
人生千度从头过，一样悲欢逐逝川。

赠袁鹰先生

天风浩浩起唐音，蕴藉清新寄意深。
生就骚人风骨峻，小窗风雨惨归心。

七绝五首 有赠

　　郭峰同志酷爱旧体诗词,每有所作,辄粲然可观,但深藏若虚,秘不示人。近日,偶见其新题七律四首,为述怀,为赠友,为言志,为新世纪颂,蕴涵深邃,意境幽远,洵佳作也。恭赋小诗,以酬佳兴。

(一)

弱岁早将心许国,忠怀长似水流东。
寒操劲节黄昏颂,一事当前念党风。

(二)

老去心劳志益坚,中华伟业总情牵。
眼前才骏胸中策,远虑深谋意万千。

(三)

挥洒从容忆逝川,风云叱咤势凌烟。
岷山雪共龙华血,一样精神史笔传。

(四)

劲节清风映绮霞,抒怀述志思无涯。
毫端饱蕴腾波势,临镜何须感岁华!

(五)

老去才情胜壮时,峥嵘意象浩然诗。
茫茫广宇心常系,未见星空意已驰。

七 绝

定力坚心铁样牢,浮名虚誉等烟飘。
凭他俗议说三四,珍重斯文慰寂寥。

2003年

玉山纪感三首

缅怀于右任先生

（一）

日暮途遥瞩望深，临风洒涕惨归心。
可怜耄耋龙钟叟，一曲悲歌哭碧岑。

（二）

老觉人间万事非，乡园能望不能归。
鸡鸣故国天将晓①，独立空山泪染衣。

【注】
① 于右任诗句。

（三）

一像何劳动斧斤①？皤然一老胜三军。
金刀难断江河水，万里归心托暮云。

【注】
① 玉山峰顶铸有于右任铜像，当局以清除"政治图腾"为由强行拆除。

三峡九首

（一）

画苑诗廊浣旧痕，一番晤对一番新。
依稀十载江天暮， 书卷多情似故人①。

【注】
① 于谦诗句。

（二）

仰首高天易损神，临流壁立想前身；
而今展卷烟波上，一览从容慰远人。

（三）

千秋壮旅迥绝伦，逼仄终嫌气不伸。
此日中流行自在，平湖高峡倍迷人。

（四）

缘结天涯物外因，心安净洗旧嶙峋。
放翁诗句堪玩味：平远山如蕴藉人。

（五）

果是青天若可扪，江风浩浩净无尘。
举头不费搜寻力，倩影分明梦里人。

(六)

云想衣裳玉想身,婷婷袅袅现真真。
灵峰神女仍无恙,丽影娇姿更可人。

(七)

朝云暮雨感清真,结想陈王赋洛神[①]。
纵使莺花还入梦,镜波已换昔时人。

【注】
① 曹植《洛神赋序》:"感宋玉对楚王说神女之事,遂作斯赋。"

(八)

九月巫山别有春,停舟暂驻峡江滨。
早知心被灵峰恋,茅结云根效土人。

(九)

静对巫云发兴新,痴情直欲结芳邻。
归欤聊作天涯叹,缘浅无由傍玉人。

2004年

越缅十章

三月初率中国作家代表团访问越南、缅甸。途中闻见颇多，吟成律、绝十首。

吊王勃祠[①]

南郡寻亲归路遥，孤篷蹈海等萍飘。
才高名振滕王阁，命蹇身沉蓝水潮。
祠像由来非故国，神仙出处是文豪。
相逢我亦他乡客[②]，千载心香域外烧。

【注】

① 唐代诗人王勃赴交趾郡省父，海上遇风罹难，漂尸于越南中部蓝江入海口，当地民众景仰其才情，修墓、建祠、塑像，以神灵祀之。

② 《滕王阁序》中有"萍水相逢，尽是他乡之客"句。

曼德勒皇宫漫兴

古木森森架绿廊，红宫花海散幽芳。
列强遁矣烽烟净，百族和兮国运昌。
青史几曾存帝绪，书生原不羡侯王。
沧桑不变胞波谊，江尾江头[①]寄意长。

【注】

① 陈毅元帅访问缅甸时，写有"我住江之头，君住江之尾，彼此情无限，共饮一江水"的诗句。

参观缅甸民族发展大学口占

兴邦厚望寄园中,一代英华百代功。
广纳贤良培沃壤,尽倾心血育才雄。
洪洋应有千江汇,巨厦原需万木擎。
遥想纤纤苗绿处,他年林海郁葱葱。

蒲甘①杂咏

(一)

荆榛丛莽叹凋残,美到荒疏欲画难。
大野空濛千座塔,夕阳影里认蒲甘。

(二)

鸟啼花笑亦欣然,话到沧桑总不堪。
目断浮屠荆棘里,茫茫坠绪绕蒲甘。

(三)

煌煌帝业已尘烟,江水浮花去不还。
凉月晓风棕树下,阑珊灯火映蒲甘。

（四）

人天殊听总根禅，妙悟由来不立言。
万物皆因佛影现，寰球从此重蒲甘。

（五）

般般法相示真禅，万笋穿天锷未残。
梵呗声中一回首，空桑三宿恋蒲甘②。

（六）

古槐深处鸟关关，壁圮垣残剩水湾。
一树幽花饶艳冶，故都光景忆蒲甘。

（七）

更从何处觅真源，教化人文赖此传。
纵历红羊千百劫③，无生无灭羡蒲甘。

【注】

① 蒲甘为缅甸佛教胜地，是古蒲甘王朝的首都。

② 佛经中有僧人"不三宿桑下"的说法，为的是在一棵桑树下住上三宿会产生眷恋。

③ 意指发生巨大灾祸。

溱潼五首

(一)

烟花三月下溱潼，怅对山茶浴晚风。
枝上秾华心上血，千年无改尚猩红。

(二)

痴蝶娇花未了情，萦心爱恋起无明。
凄清难忘溱潼景，一曲悲歌逐浪生。

(三)

为生为死两由之[①]，阔海高天任骋驰。
鹣鲽幽怀何处见？垂杨尽日袅情丝。

【注】
① 当地流传一对男女青年殉情故事。

(四)

天孙涕落雨如丝，银汉迢迢暗度迟。
千古鹊桥同一慨，两情难得久长时！

（五）

盈盈一水漫相思，牛女飞星会有时。
修到神仙还恋此，人间何苦笑情痴！

杏花村十咏

白酒祖庭

惯作天涯万里行，杏花开处最关情。
垆头玉液知多少，一盏汾清认祖庭。

杏花村

清明一咏总销魂，醉踏春泥访旧痕。
天与诗人留画本，千秋名重杏花村。

汾 酒

三杯信道且怡神，极品真堪早入唇。
更有诗潮波浩荡，生涯我羡晋中人。

竹叶青

遐迩争夸竹叶香，金樽潋滟泛清光。
陶然岁月天行健，不觅仙方觅醉方。

神泉古井①

为有仙翁自献酬，神泉始得醉中留。
缘深一霎琼浆变，千载潺潺涌不休。

【注】

① 神话传说：从前，有一仙人到杏花村"醉仙居酒家"饮酒，直到酩酊大醉方始离去。一连几日，都不付分文。最后一天，仙人问清酿酒用的水井后，便将自己喝进肚子里的酒全部吐到井中。从此，这口井的水就变成了醇美甘甜的汾酒，取之不尽，用之不竭。

申明仙态

申明亭下众纷纭，亭上青天卷白云。
暇日哦诗兼把酒，人生得味是微醺。

酒国三清

小杜清吟万古鲜①，兰成妙句昔增妍②，
养生佳酿传青主③，"得造花香"是酒仙。

【注】
① 指唐代诗人杜牧《清明》七绝。
② 北周诗人庾信，字兰成，所作五言诗《春日离合二首》之二有"三春竹叶酒，一曲鹍鸡弦"之句，为中国古时最早咏竹叶青者。
③ 明末清初著名学者傅山，字青主，题写"得造花香"四字匾额，赞美汾酒和竹叶青；传说竹叶青的养生配方出自傅青主之手。

酒史博物馆

堂皇一馆引神驰，往事千秋尽在兹。
世上何人不把酒，悠悠酿史有谁知？

酒都宾馆

酒帘斜挂月当头，把盏凭栏祛百忧。
安得此身重少健，与君同作醉乡游！

杏花村汾酒文化节

诗酒风流近暑天，八方才俊聚华筵。
愿将俚句酬佳节，觞运亨通利涌泉。

七绝二首 题《凌水书屋手稿》

（一）

功业原曾显巨才，文林生面亦新开。
何尝冀望传千古，诗诉衷情墨写怀。

（二）

即兴吟成擅雅才，胸中澎湃境全开。
妙将一管生花笔，述志达情寄壮怀。

七律二首 孙文良教授十年祭

（一）

雅集原应庆古稀，挽歌讵料祭灵旗！
高才于我兼师友，清望为人树典仪。
一别竟无重见日，千呼岂有续交期？
斯文未丧归青史，旧雨心香奠繐帷。

(二)

凋零玉树叹匆匆，长恨天心忒不公：
史笔早经千口诵，华年只得六旬终。
郑人幻梦迷蕉鹿，苏子吟魂认雪鸿。
夜雨对床成旧忆，声声雁唳哭秋风。

祝贺辽宁日报创刊五十周年

国政民声一纸传，涛惊浪骇每当先。
雕龙缀锦无停翼，激浊扬清未息肩。
五十华年饶胜概，四千万众总情牵。
诗成题赠师兼友，不作箴言作贺笺。

盘锦行二首

红海滩

辽东湾北景偏佳，海畔彤彤列绮霞。
绿满蒹葭金罩野，白鸥轻吻碱红花。

风雨芦塘

蛮风烈雨扫芦塘，犹有闲情入莽苍。
绿到须眉天不管，冲霄翠鸟奏宫商。

七绝三首 题漂母祠

（韩）信钓于城下，诸母漂，有一母见信饥，饭信，竟漂数十日。信喜，谓漂母曰："吾必有以重报母。"母怒曰："大丈夫不能自食，吾哀王孙而进食，岂望报乎！"

—— 录自《史记·淮阴侯列传》

（一）

古道情肠总热温，贫婆舍饭饱王孙。
他年重报掏心曲，人在穷途易感恩。

（二）

慧眼识珠瞩望深，人生偃蹇易消沉。
薄施岂望千金报，一怒激扬壮士心。

（三）

漫道淮阴解报恩，深心何止重千金。
不因漂母当头喝，鱼钓浑浑老此身。

七绝二首 大连图书馆即兴

(一)

一览琼华眼倍明,霜鸿高骞海天青。
羡他万管玲珑笔,血写哲思泪写情。

(二)

嗜书不讳一生贪,得味庄骚史汉间。
目涩始惊天向晚,悠然回首见南山。

2005年

访韩杂咏五首

光州漫兴

无等山[①]前作客游，光州赏罢又罗州。
春香多难添情重，崔溥[②]宏才记漫流。
故地迟传漂海录，南原早建广寒楼[③]。
艺乡百事堪萦念，愧我匆匆一暂留。

【注】

① 无等山为韩国光州一带名山。

② 距今五百年前，朝鲜王朝中层官员、罗州人士崔溥因事乘船海上，遭遇飓风，漂流至中国浙江海域，在中国官员与平民的热情接待下，经杭州、苏州、扬州、徐州、天津、北京、兴城、北镇、辽阳、凤城等地，历时四个半月，渡鸭绿江回国。后用汉文叙写这一奇险经历，名《漂海录》。日本于公元1769年即翻译过去，而这部"摹写中原之巨笔"，在其所记的本土——中国却迟至1992年始有译本。

③ 产生于朝鲜李氏王朝的文学名著《春香传》故事发生在南原郡，其地邻近光州，有广寒楼、乌鹊桥等古建筑，传说为《春香传》中男女主人公定情之地。

釜山大学林间晚憩

漫踏夕晖结伴行，长林幽渺趁微明。
谁知冷落萧条地，竟酿温馨隽雅情。
静倚松楸留倩影，闲凭石磊作峥嵘。
归来笑语春灯下，数码传输细点评。

古都庆州怀古

雨雨晴晴客帝乡，残墟经眼感沧桑。
陵园废圮兴亡暂，槐柏萧森岁月长。
世事千般随逝水，王朝几度送斜阳。
煌煌霸业归荒冢，剩与游人缀影窗。

题崔溥墓

（一）

蹈海余生作壮游，文光千载耀罗州。
世间多少风云客，埋没尘沙死即休。

（二）

板荡荒村迹尚留，偶然一曲亦千秋。
不知瀛海烟波上，更有何人可比俦？

赏张善子《十二金钗图》

虎痴妙艺久知闻，掩卷遐思日已曛。
身后丹青谁可匹，且从脚注认山君[①]。

【注】

① 张善子腹笥丰厚，博通经史。《十二金钗图》实际上画的是猛虎，共十二幅。每幅均摘取《西厢记》中名句作为题识，就中有"藉实甫之艳词，为山君之脚注"的话。题识既富情趣，更含深意。

咏"地球村"

应是学人眼界宽，纷挐万状遍诸天。
三千弱水一瓢饮，井底蛙鸣太可怜。

2006年

闾山咏史三首

（一）

荒冢残碑迹未销，自将勘踏认前朝。
强爷无奈儿孙弱，狗尾赓貂葬晚辽。

（二）

操戈同室叹阋墙，胜败同归一土囊。
陵谷翻移成幻梦，苍山无语瞰兴亡。

（三）

依旧灵山似画图，当年胜迹尽萧疏。
完颜耶律风吹浪，世上升沉一辘轳（陆放翁句）。

攻 书

缒幽探险苦千般，夜半神劳入睡艰。
设问存疑挥战帜，堂堂书阵百重关。

芳 园

兰苑瓜畦绿满门，小园生意荡吟魂。
葵高自可齐天乐，榴赤真堪点绛唇。
摘罢仙桃空剩叶，移来福柿未生根。
繁花知否窗前雨，半是心痕半汗痕？

神 算

在南通珠算博物馆观看"心算"表演，四小童运算神速，令人惊诧莫名。北大教授谢冕爱抚不置，细加询问。此情可感，爰赋七绝。

百千万数计优游，神算如斯世罕俦。
国子先生惊妙技，躬身俯首问从头。

扎龙湿地口占

一篙如画苇间行，双鹤翔空别有情。
醉眼浑疑天在水，白云苍狗共波清。

题《采曦诗文集》

远避浮嚣久忘机，超然胸次自熙熙。
名山勋业诗文灿，皓首痴情赋采曦。

拜谒列夫·托尔斯泰墓园

漫道萧萧墓垅寒，丰碑高矗地天间。
百年风暴安然过，万仞门墙讵可攀。
名重方知千纪短，才雄不觉五洲宽。
尔来冷对邻家事，独拜文宗兴未阑。

晨起见手术刀痕有感率题二首

（一）

刀兵未见见刀痕，平地风涛险更频。
度尽劫波成妙悟：一重冰雪一重春。

（二）

留得刀痕似弹痕，病魔凶恶梦重温。
休矜老去顽躯健，岂有金刚不毁身！

东上朝阳西下月五首

　　在一个日升月落的清晨,于抚顺市区浑河岸边闲步。忆及近日漫游清王朝龙兴故地和参观战犯管理所情景,不禁感慨丛生,兴怀无限。

(一)

浑河今古浪翻新,悲笑兴亡照影频。
东上朝阳西下月,一般光景有升沉。

(二)

十三遗甲困龙伸,星火燎原势若神。
六合乾坤如电扫,兴勃亡忽果何因?

(三)

八荒同轨谈何易,寸草为标虑亦深[①]。
讨债跟踪还债者,拓疆卖国一家人。

(四)

兴王祖迹久成尘,谁记当年万苦辛?
鼠尾龙头堪浩叹,英雄自古少传人!

(五)

不甘安分做平民,傀儡登场假当真。
日落儿皇春梦醒,十年修得自由身。

【注】
① 康熙皇帝有言:宫中什物,即寸草亦不得散失。为使此言落到实处,他把几根草棍放在宫中案几上,叫人每天检查一次,少了一根都不行,这就叫"寸草为标"。

2007年

成吉思汗陵

灭国开疆枉自多,强梁无奈死神何。
衢街枕藉横尸骨,妇孺悽惶说战魔。
踏破山河驰铁马,凿穿欧亚挺琱戈。
长生终竟成虚话,一样金棺伴挽歌。

戏题清代贡院号舍

圣朝设考选奴才,衮衮诸公入彀来。
号舍真堪寒士进,侯门岂为广文开?
经纶满腹成何用?蹭蹬终生究可哀。
地下若逢吴敬梓,儒林外史出新裁。

题漫画集《百美图》

包立民先生编成《百美图》,诗书配画,相映生辉;亦庄亦谐,妙趣横生;蕴含丰富,寄慨遥深。赏鉴之余,题诗以贺。

谐趣千般百美图,诗书配画妙相符。
人生底蕴多如许,岂止胡卢笑矣乎!

追怀八首

　　崔君玉昆于1997年5月病逝，转眼已是十年。追忆1970年代营川相聚时节，般般情境依稀如在目前。怀思无限，诗以纪之。

（一）

好花凋谢好人亡，挚友良朋欲断肠。
又见东风吹絮柳，为君悼惜奠斜阳。

（二）

升沉进退总雍容，温蔼宽和长者风。
尽瘁鞠躬全大节，宦辙南北赞崔公。

（三）

精思健笔并高怀，襄赞筹谋展大才。
一去十年劳梦忆，风花五月不归来！

（四）

忆昔营川结厚缘，艰难时世有清欢。
谁知竟作幽明隔，回首茫茫泪欲潸。

（五）

记得郊原踏雪游，相将低语话时忧。
驱寒小酌倾杯再，薄醉归来月满楼。

（六）

消雪溶冰柳又新，长堤依旧往来频。
丝丝万缕风情在，记否当年种树人？

（七）

沈水辽滨绿满川，垂杨细雨两依然。
碧天云散音容杳，忆旧怀人一泫然。

（八）

红尘撒手冷泉台，玉树凋伤痛矣哉！
冥府吾兄应笑慰，一双爱女俱高才。

赠文房一号

云海襟怀大雅情，即从极品见分明。
文行天下功无量，艺溉心灵誉有声。
纸寿千年邀俊赏，墨华七色证人生。
砚田万顷春光满，虎跳龙飞待笔耕。

七 律

武斌先生《盛京皇宫赋》成，索句于余，为诗以贺。

一赋铿锵壮帝宫，华章文物两争雄。
宦怀少累思方畅，才士多情句便工。
五百楼台罗卷上，三千笔阵荡胸中。
天潢紫气托毫素，为有宏篇望益隆。

当筵遣兴

私淑向峰先生垂二十年，书丛文苑，幸结深知。适值先生从教五十周年，诸弟子发起庆祝活动，予当筵赋诗以贺之。

中岁追陪每恨迟，春风秋雨两心知。
缘悭未得程门立，也傍群贤学拜师。

津门赏艺①

文华艺彩逐时新，十月津门别有春。
醉酒清淳邀俊赏，对花灵妙寄情真。
俨然专业夸名票，如此全能托慧因。
摄得戏魂经百载，鸡笼藻井已通神。

【注】
① 在天津戏剧博物馆观看戏曲票友演出京剧《醉酒》、黄梅戏《对花》选段，备极精彩。剧场已有百年历史，藻井设计绝妙，形似鸡笼，音响效果极佳。

沈城即景

水碧天青展画图,荫荫万木影扶疏。
白云飘渺当头见,为问今朝识我无?

访歌德小木屋[①]

断念割情莫谓痴,天公偏忌挺云枝[②]。
丛林寂静人归息,五十年间八句诗。

【注】
① 德国文学家歌德从三十到八十岁,三次到伊尔美瑙林区小木屋过生日,在这里题了一首《漫游者的夜歌》:群峰/一片沉寂/树梢/微风敛迹/林中/栖鸟缄默/稍待/你也安息
② 歌德有言:"上帝的旨意是不让树木的顶端生长得高达天际。"

岁末抒怀

行藏奥蕴任猜评,暂息蘧庐七二庚。
入仕碍难存至性,耽诗端可慰平生。
青云鸿鹄高天侣,燕石湘兰大雅情。
鸥鹭不争车马道,狂庄圣孔伴鼾声。

2008年

小岗行吟

安徽凤阳小岗村,三十年前率先实行大包干,开农村改革之先河。日前,参加中国作家考察团得以亲接风采,感慨重重,诗以纪之。

(一)

丝丝翠柳弄轻柔,油路清溪傍小楼。
直恐老来诗兴减,淡烟疏雨下濠州。

(二)

东风伴我帝乡行,村鼓田歌别有情。
风片雨丝芳草路,菜花黄里过清明。

(三)

开路旌旗据上方,冲篱破锁谱新章。
朱皇跃马成何事,花鼓从头说凤阳。

(四)

德被生民首重农,家家鼓腹乐年丰。
敢拚性命开生路,拓展阳关一径通。

(五)

漫道年华水样流,丰功早已著千秋。
一从小岗燃星火,烈炬燎原耀九州。

(六)

卅载风烟似电驰,荒村古陌展新姿。
精描巧绘鹅溪锦,改革原来是画师!

(七)

迢遥应恨我来迟,十八先锋鬓有丝。
江北江南春正好,老梧待发凤凰枝。

(八)

创业科研重担挑,青衿学子志冲霄。
葡萄香菌连天架,荡我诗心涌巨潮。

（九）

万事由来重肇端，至今艳说大包干。
盘空鹰隼无停翼，制胜重攀百尺竿。

（十）

秋菊春兰各擅场，求新通变费端详。
风云坛坫无常主，小岗村前路正长。

题《寻梦之旅》①

淡妆平步入中年，理想飞扬亦奋然。
瀚海驰车家万里，五环旗下梦初圆。

【注】
① 陲婴女士为传扬奥运精神，乘危远迈，瀚海孤征，驰车两万公里，遍游澳洲西部，归来成散文集《寻梦之旅》，余应邀作序，并题诗一首。

咏奥运·调寄一剪梅

　　北京当代中国书画研究会组织百名省部级干部共书《北京奥运颂》巨幅书法长卷,应邀参加。卷尾索题感言一则,余以《一剪梅》词应之。

　　　奥运人文倡大公,世界一同,梦想一同。
　　　五环旗下友情浓,共济和衷,其乐融融。

　　　砥柱昆仑矗亚东,大雅雍容,誉满寰中。
　　　京城八月仰丰功,体运兴隆,国运兴隆。

题赠沈阳市图书馆百年馆庆

　　　琳琅书阁影参差,我欲鹪鹩借一枝。
　　　千古名贤传妙慧,万方典籍启新知。
　　　沧桑入眼增禅悟,悲喜经心惹梦思。
　　　展卷临风饶意兴,百年馆庆漫题诗。

杨仁恺先生周年祭

　　　灵光鲁殿渺难留,国宝沉埋岁又周。
　　　学术已然名一代,德行犹自耿千秋。
　　　班荆昔慕扶风帐,遗爱今怀沐雨楼[①]。
　　　此去公应不寂寞,宗师多被夜台收。

【注】
① 沐雨楼为先生书斋名。

附：师友赠诗、唱和选录

汪曾祺先生①赠诗

红桃曾照秦时月，黄菊重开陶令花。
大乱十年成一梦，与君安坐吃擂茶。

1992年8月充闾同志正之

【注】
① 汪曾祺（1920—1997），江苏高邮人，当代著名作家。

吕公眉先生赠诗十八首

读《柳荫絮语》②感赋

（一）

闻道新编众口传，老夫开卷亦欣然。
竹窗一穗寒灯火，分课儿曹五两篇。

（二）

拂地长条态自酣，风流笔底更毵毵。
春风春雨无端梦，直使营川作汉南。

（三）

龙首风光故垒情，诗人落笔任纵横。
我今拟学十年赋，也向名山策杖行。

（四）

山光水色冷诗筒，蜡屐深探造化工。
最是文行寒艳处，碧潭轻点落花红。

（五）

载道文章自有真，何须碌碌逐时新。
立言不独唯辞赋，才子原来是美人。

（六）

微喻婉讽见文情，如听弦歌识政声。
萧瑟宦囊余典籍，未妨终始作书生。

有感于《人才诗话》[③]

（一）

谁向名花诋訾狂，尽皆枵腹任评章！
诗人不是闲情趣，郑重风前说海棠。

(二)

博雅高风出内涵,此中妙谛有谁参。
治经不到工夫处,争信临池下笔惭。

(三)

天生才智半沉沦,德薄无由感自身。
未必项斯今日少,难能为说项斯人。

(四)

惯于刍豆无人问,振鬣一嘶寒月高。
莫憾槽头终老卧,此身已识九方皋。

(五)

明时不碍谏言开,贵尔江湖廊庙材。
忧乐只知一己任,有谁理会到人材。

(六)

才调风华我不如,典论浩瀚尽归渠。
倘教三十年前见,妒煞先生太读书。

丁卯春雨过营川访诗人汪聪④不遇,以此代柬

(一)

风雪元宵一别离,清明又见柳依依。
小桃欲落春犹浅,着意余寒莫减衣。

(二)

烟柳丝丝簇绿云,骚人刻意入斯文。
山阿水曲万千树,树树相看总忆君。

(三)

自谓今生一识难,先蒙青眼到孤寒。
才高量雅知君惯,只说文章不说官。

(四)

何曾咫尺是天涯,争奈缘悭莫自嗟。
别后流光君记否?上元灯火到槐花。

己巳九月十八补作《重阳登高》在营口日报社七楼上，是日晨有西风冷雨，兼怀诗人汪聪二首

（一）

节将十月欲飞霜，岩下黄花已褪香。
天意似怜人意淡，故教风雨补重阳。

（二）

登高寒色扑衣襟，满目蒹葭感客心。
我欲辽天北向望，雁声嘹呖海云深。

【注】
① 吕公眉（1912—1999），原名吕能宗，辽宁盖州人。诗人、散文作家。金牛山诗社顾问。著有诗文集《山城拾旧》。
② ③ 均为王充闾散文集。
④ 汪聪，为王充闾笔名。

铁辛先生赠诗二首

奉赠充闾同志

风高月黑乱飞沙,徒步亲临野老家。
墨沈满床堆故纸,清泉一盏试新茶。
敲诗未许妨吟兴,顾曲还惊梦笔花。
博雅如君钦素养,衰年何幸接英华。

(1985年6月23日)

怀充闾同志

辽滨凉露浥蒹葭,遥忆伊人沈水涯。
蔽芾甘棠碑在口,人才谠论笔生花。
云泥分隔时萦梦,文教遐敷远济槎。
何日重聆吟好句,壮游诗赋动京华。

(1988年8月20日)

铁辛先生①和诗三首

奉和充闾同志咏迎春风筝赛原韵

（一）

遥天引上众情浓，谁辨真龙与叶龙。
彩蝶似疑离梦境，霓裳宛欲下云中。
红楼妙手传新谱，白雪新词送好风。
忽忆金猴留幻影，异邦赤子此心同。

（二）

儿时游钓早成空，蝶翅如轮鹰爪雄。
二月风前轻不举，夕阳山外竟无功。
徒留倔强惭迟暮，莫向飘零觅旧踪。
翘首青云千万朵，老怀欣与乐春风。

奉和充闾同志《春兴》原韵②

尘居常羡静中闲,乐趣难酬水石缘。
鸿雪行踪增暮感,虫鱼末技未名篇。
折腰宁为一瓢饮,鼓腹长期大有年。
老骥如今仍奋力,门墙深愧话三千。

【注】
① 陈怀(1915—1991),字铁辛,号晚晴楼主,安徽庐江人,书法家、诗人,营口市金牛山诗社首任社长。
② 《春兴》原诗已佚。

王向峰先生①赠诗二十五首

读《鸿爪春泥》

春泥鸿爪纪心程,万象搜求尽赋情。
笔到祁连山有梦,思沉涅瓦水留声。
高天雁去浮云远,满壁书从雅志宏。
宦海飞出诗海客,文章襟抱比肩清。

送充闾出访埃及

瑞雪融融报早春,陵西小聚惜情真。
尼罗河畔归来日,再为征人洗路尘。

(2004年)

题执化斋赠充闾

(一)

天地人间一冶炉，生生不灭自乘除，
有无尽在超然外，难得平怀执化枢。

(二)

执相迷津枉作劳，大河横阻渡无桥，
洞明不住生心义，法雨天花漫碧霄。

(三)

六尘八苦制身心，何处寻求是法门？
参透庄禅执化理，渔歌入浦悟须深。

(四)

执化斋中七卷成，文坛谁可与相并？
素衣未染尘埃路，犹自兢兢作笔耕。

为充闾新作散文引题十首

充闾前时写有《车上文化》、《一网情深》等十篇文章，读后颇有感触，就各篇主题引发为诗。

兴学立人

兴庠施教业多门，大旨归功在立人。
未染素丝悲墨子，德馨孟母几择邻！

车上文化

文化随人到处生，车船逆旅结缘行。
高山流水千秋韵，缘自知音互感应。

重在通识

分工精密不趋同，为器拥才事屡通。
科技人文原一体，两相融汇始从容。

理想追求

人生等次在追求，志向鸿猷竞不休。
放眼游心天地外，始知楼上有层楼。

广场雕塑

街头广场塑群生，随遇观光无蔽屏。
俗雅精粗调汇处，视听同美共服膺。

读写秦淮

妙境通心入翰章，情思理趣各非常。
秦淮千古兴诗地，感慨悲欢任显藏。

茶 境

闲饮清茗品味甘，入心涵养性中天；
三千世界存杯底，俗境超拔体半仙。

生命体验

天地风云万物间，身心体验以情观。
鸟啼花落同人事，生命灵通在悟参。

地球村

人间忽变地球村，交往通达似比邻；
资讯共享成一网，焉能近视自关门！

讲话忌空

听讲人烦空对空,车轮话语捕无踪;
不知能指何方在,深陷迷津道路穷。

读充闾新作《龙墩上的悖论》

独凭只眼看龙墩,但见王冠落地频:
一样兴亡言晋宋,两朝成败话秦陈。
治人反被人谋治,循辙仍由辙迹循。
顺生莫若平常好,休羡皇家九五尊。

题《蘧庐吟草》

(一)

热肠古道日衰微,傲雪松梅与候违。
会意诗文同鉴赏,不求衣马共轻肥。

(二)

新诗每作读争先,景慕才思感益虔;
奉和几曾求进取,相形见绌怕同参。

（三）

千古文章首创难，诗家何处见高端？
游心化物如天纵，尺水兴波涌巨澜。

（四）

恣肆漆园每悖谈，至人却梦蝶翩然；
齐同成毁先谁取，直木鸣鹅讵两全！

（五）

得意庄生未忘言，南华内外广存篇；
鲲鹏屡振逍遥翼，不负蘧庐一宿缘。

（2008年2月18日）

戊子初夏赠充闾

（一）

隐迹偏能闹市中，不求闲适与从容。
有涯尽付无涯去，除却文缘百虑空。

(二)

艺苑争奇志向先,法门不二在心传。
正声赋史依班马,汇入长河涌大川。

(三)

洗尽豪华见本真,十年岁月始由身。
杜鹃虽唤春将晚,犹系桑榆万里心。

【注】

① 王向峰(1932—)著名学者、诗人,辽宁大学教授、博士生导师。

王向峰先生和诗十二首

原韵奉和《吊王勃祠》

远奉晨昏万里遥,萍踪孤影雨风飘。
关山难越穷途客,江海偏多瘗命潮。
千载共评绝代序,一言均赋冠群豪。
何当幸过义安地,也献心香祠下烧。

和充闾《拟古离别》

充闾同志几年前拟撰反映清末一双才侣苦恋悲歌之小说,并为之预作互相赠答诗二十余首,题为《拟古离别》,收入《执化斋吟稿》。其诗深情款款,辞采丰赡,体验入微,唯美动人。读后有感,选其中十首步原韵奉和。

(一)

闲来更觉不从容,青鸟谁教与信通?
万里蓬山难逾远,高天空见有飞鸿。

(二)

相对无言感素心,三生缘定宿前因;
奈何人事偏乖误,缱绻分离隔五津。

(三)

惊鸿一瞥闪流波,愿拭妆台扫黛蛾;
相见时难空怅憾,飞星沉渡在银河。

(四)

万里西风夜正长,重帏深下莫愁堂,
梦为远别啼难唤,月露谁教桂叶香?

(集李义山句)

(五)

人生何处不离群,为拂苍苔检泪痕;
却忆短亭回首处,月楼谁伴咏黄昏?

(集李义山句)

(六)

别梦悠悠恨见迟,年华尽染鬓如丝;
天涯不见高丘女,怅惘由来惟自知。

(七)

情若多时恨自多,落花流水伴行歌;
云天难计长高远,遂意人生有几何?

(八)

曾记秋江共一船,轻风拂浪谱心欢;
谁知云鹤迷归路,为有闲愁泪暗弹。

(九)

月晕风摇梦不成,心潮涌动抑还生;
中天雁唳催寒近,耿耿星河水更清。

(十)

四谛人生有爱离,分飞劳燕各东西。
从来事愿多相谬,何处寻津觉不迷?

奉和《岁末抒怀》

从文从教事论评,历久时长忘数庚。
难入仕林源自性,愿从翰墨惜荃生。
虽无鸿鹄横天志,却有诗骚赋雅情。
惟憾平平年岁过,又闻爆竹启春声。

跋

我于旧体诗词可说是情有独钟，爱到深处。数十载研习不辍，不仅口诵、心惟、手创，而且在散文创作中亦博征繁引，以至被论者认为"内在地以诗词话语为思维素材和思维符号"。

但是，在痴迷的同时，我又不无几分清醒、几分警觉。如所周知，旧体诗与新诗，文言文与白话文，在遣词造句、表述方式以至体例、程式上，都存在着明显的差异。两千余年的文学实践表明，写作古体散文与写作旧体诗词是恰合榫卯，相得益彰的；而我的主业是经营现代散文，这与写作新诗当可相辅相成，反之，若是沉酣于"束缚人们的思想"的旧体诗词而不能自拔，甚或不自觉地成为一种"话语方式"，那就必将有碍于思路的拓展、笔墨的荡开、文势的挥洒。

为此，我曾戏谑地改窜《庄子》中的一个警句："诗词，作手之蘧庐也，止可以一宿而不可久处"。此言一出，即遭到文友的驳诘："君不见鲁迅、瞿秋白、郁达夫乎？其旧体诗均出色当行，何以现代散文亦绝妙无俦也！"我一时语塞，有顷，才回应一句："文章圣手、天纵英才，自非常人可比。"

当然，"清醒"也罢，"警觉"也罢，话是那么说，实际做起来往往还是从兴趣出发，凭感情用事。南宋诗人杨万里"自责"诗云:"荒耽诗句枉劳心,忏悔莺花罢苦吟。也不欠渠陶谢债,夜里梦里又相寻。"我于诗词也是如此。旧时月色,已经刻骨镂心;不经意间,又回到了故家门巷。这样,在散文创作之余,就有了这部《蘧庐吟草》的面世。不论信手拈来,抑或刻意为之,其为情感的宣泄、志趣的写真则一。展卷遐思,充盈着师友的深情、昔梦的追怀和感兴的喷薄。拂去岁月的尘沙,剩下来的多是美好的记忆。

王充闾　戊子盛暑于沈水之阳